J-POP ROMANZI ノベル

ORIGINAL STORY | *Kaiu Shirai* • ART | *Posuka Demizu* • STORY | *Nanao*

THE PROMISED NEVERLAND

- La canzone dei ricordi -

IL ROMANZO

Traduzione di
Loris Usai

THE PROMISED NEVERLAND
IL ROMANZO

- La canzone dei ricordi -

J-POP

J-POP è una collana di
Edizioni BD srl
Viale Coni Zugna 7
20144 Milano
www.j-pop.it

Original story: Kaiu Shirai
Art: Posuka Demizu
Story: Nanao
Editing: Valentina Ghidini

ISBN: 9788834915356

ORIGINAL STORY | Kaiu Shirai • ART | Posuka Demizu • STORY | Nanao
THE PROMISED NEVERLAND
- La canzone dei ricordi -
J-POP
IL ROMANZO

GLI ADULTI DI GRACE FIELD HOUSE

Viene permesso loro di rimanere in vita per poter allevare bambini che poi verranno offerti come cibo ai demoni.

KRONE

Era al servizio dei demoni ed era venuta ad assistere Isabella.

NONNA

Colei che gestisce gli adulti di GF House.

ISABELLA

L'ottima allevatrice che ha cresciuto Emma e gli altri bambini.

ALLEATO DEI BAMBINI

W. MINERVA

Il suo vero nome è James Ratri, un discendente della famiglia che strinse la promessa con i demoni.

I DEMONI DI GRACE FIELD HOUSE

Allevano bambini per poterne mangiare il cervello una volta cresciuti.

RIASSUNTO

Trentotto bambini vivono felici nell'orfanotrofio Grace Field House. Un giorno, i più grandi, Emma e Norman, vedono dei demoni e scoprono che Isabella, la direttrice dell'istituto che adorano come una madre, in realtà li sta allevando come cibo per quelle creature. Volendosi ribellare a questo destino, per sopravvivere insieme agli altri bambini, i due portano segretamente avanti un piano di fuga insieme al loro coetaneo Ray. Quando poi si aggiungono anche Don e Gilda, l'attuazione del piano assume toni sempre più concreti. Purtroppo, mentre è ancora impegnato a elaborare il piano, Norman viene spedito. Nonostante la rabbia e la disperazione, Emma e gli altri riescono ad attuare la strategia che l'amico ha indicato loro a costo della vita. Aprono così una piccola breccia nella guardia alzata di Isabella e corrono verso il mondo esterno.

I BAMBINI DI GRACE FIELD HOUSE

Per sopravvivere elaborano il piano di fuga da GF House.

PRESENTAZIONE DEI PERSONAGGI

EMMA

Una bambina allegra con ottime capacità fisiche e di apprendimento.

RAY

Un ragazzo pieno di risorse. L'unico di Grace Field House che può competere con Norman.

NORMAN

Il genio di Grace Field House, dotato di eccezionali capacità di analisi e di giudizio.

PHIL

Un bambino vivace che vuole molto bene a Emma.

GILDA

Una ragazza intelligente che supera le difficoltà grazie alla sua perspicacia.

DON

Un ragazzo allegro, ma facilmente influenzabile. Odia perdere.

LANNION

È sempre insieme al suo amico Thoma.

THOMA

È sempre insieme al suo amico Lannion.

NATH

È un po' fifone e narcisista.

ANNA

È gentile e tranquilla, ma ha uno spirito forte.

THE PROMISED NEVERLAND

CAPITOLO 1 • *Il cielo stellato e la lista di Leslie*

Attraverso il filare di alberi si intravedeva l'incendio che divampava all'istituto. Illuminata dalle fiamme, una densa coltre di fumo si levava in alto, squarciando il cielo notturno. L'inarrestabile lingua di fuoco risucchiava Grace Field House in un vortice di distruzione e tingeva di un rosso acceso l'oscurità del bosco.

Isabella accarezzava con dolcezza la fronte dei bambini che, stanchi, cercavano riposo sul suo grembo. Quegli stessi bambini, che fino a pochi istanti prima piangevano afflitti, sembravano finalmente sprofondati in un sonno riconciliante.

Dalle labbra della donna fuoriusciva una melodia roca, come una nostalgica ninnananna intonata a oltranza. La rassicurante cantilena risuonava nell'aria, sovrapponendosi al suono dell'edificio che si sgretolava a causa dell'incendio.

Creack!

Una delle travi portanti della struttura cedette e crollò rovinosamente a terra. Isabella, lo sguardo fisso davanti a sé come ipnotizzata, continuava a cantare mentre l'istituto collassava, poco a poco, sotto il peso delle fiamme, davanti ai suoi occhi.

«...»

L'edificio in cui erano cresciuti Emma, Norman e gli altri si sovrappose nei suoi ricordi all'immagine della fattoria in cui la donna aveva trascorso la propria infanzia. Isabella rivolse lo sguardo ai bambini addormentati sul suo grembo, che riposavano beati.

Eppure sulle loro guance si intravedevano ancora le tracce delle lacrime che fino a pochi attimi prima avevano rigato, copiose, i loro volti.

Loro dormivano sereni, ignari della verità...

Isabella rivolse un'occhiata a uno dei piccoli, un bimbo dai capelli corti, nero corvino.

Phil...

Chissà se aveva compreso il gesto che i suoi fratelli avevano compiuto quella sera. Non è semplice indovinare quello che nasconde il cuore di un bambino di quattro anni...

Isabella continuava a fissare il volto innocente di Phil.

Io... come mi ero sentita io quando avevo scoperto la verità di questo mondo?

In silenzio tra sé e sé, Isabella si meravigliò al pensiero che da quel giorno fossero trascorsi già quasi vent'anni. All'epoca anche lei, al pari di Emma e gli altri, non era altro che una bambina gioiosa e spensierata all'oscuro dei fatti.

Il luogo che credeva essere un orfanotrofio felice, in realtà altro non era che una fattoria in cui venivano allevati bambini destinati a finire in pasto ai demoni. I test quotidiani servivano a sviluppare un cervello di qualità superiore. Anche l'adorata mamma era una nemica, un'allevatrice alleata con quei mostri.

La ragione per cui era vietato spingersi al limitare del bosco era che lì si trovava un muro che impediva di abbandonare la fattoria. I fratelli che credeva partiti verso una nuova vita insieme alle loro famiglie adottive, in realtà erano stati uccisi tutti, dal primo all'ultimo.

Il ricordo delle risa dei compagni di gioco della sua infanzia attraversò per un istante la mente di Isabella: i loro nomi, i loro volti, le cose che si erano detti, oppure il fratellino che non sapeva allacciarsi le scarpe e piagnucolava ogni mattina o la sorellina che voleva sempre giocare con lei... Ricordava tutto alla perfezione.

E poi c'era Leslie.

Quel nome, intimamente legato alla melodia che Isabella non aveva cessato di mormorare neanche un istante, era vivo nel profondo del suo cuore.

«Leslie...»

Squarciando l'oscurità della notte, la donna invocò quel nome con la stessa voce flebile e sommessa con cui aveva intonato la cantilena fino a quel momento.

I ricordi di quando era salita sulla cima del muro, che le erano tornati alla mente poco prima, continuavano a vorticarle nella testa come un proiettore rotto. Isabella abbassò lo sguardo, sorridendo in tono ironico.

Finora non mi sono mai fermata a guardare indietro.

Il passato rimasto sigillato per vent'anni nel cuore di Isabella tornò prepotentemente in superficie.

Quella sera, Isabella aveva salutato Leslie con un sorriso luminoso in volto. Quando venne a conoscenza della vera natura di Grace Field House era ormai troppo tardi per salvarlo.

«...»

La donna ricordava ancora con chiarezza cristallina il senso di disperazione provato quando era salita in cima al muro.

Quel giorno il freddo era così pungente da penetrare nelle ossa e dal cielo cadevano, danzando delicati nell'aria, soffici fiocchi di neve. Oltre quel candido biancore, oltre il muro, si spalancavano abissi profondi e oscuri.

Agli occhi innocenti di Isabella quello spettacolo non aveva alcun senso.

Che significa? Che ne è stato del mondo esterno? E di Leslie?!

«Isabella...»

Una voce squarciò il silenzio. Colta di sorpresa, Isabella si voltò di scatto e, alle sue spalle, vide la mamma che, ai piedi del muro, la guardava sorridendo.

Quel giorno Isabella conobbe tutta la verità sulla natura dell'istituto. Loro, i bambini di Grace Field, venivano allevati per essere dati in pasto ai demoni.

Non esisteva nessun mondo esterno.

Anche Leslie, appena partito per andare a incontrare la sua famiglia adottiva, era morto e per lui non c'era più nulla da fare.

Da quel giorno, nell'animo infantile di Isabella si scatenò un turbine di rabbia mista a disperazione, e iniziò a odiare la mamma e tutti i responsabili a capo della fattoria. Aveva giurato a sé stessa che sarebbe fuggita di lì.

Sin da piccola, però, era sempre stata una bambina molto sveglia, e ben presto si rese conto dell'impossibilità di fuggire, nonostante la sua ferrea volontà e l'ardente determinazione.

Fu così che Isabella, all'età di dodici anni, scelse la via che l'avrebbe portata a diventare un'allevatrice.

Tuttavia...

La donna, lo sguardo rapito dalla corda che sventolava abbagliante nell'oscurità, rivolse per un attimo il pensiero ai bambini che quella sera avevano superato il muro.

Emma e gli altri ormai dovevano essersi già calati oltre la recinzione, erano "fuori", lontani da quel mondo chiuso. Avevano portato a termine la missione alla quale lei aveva rinunciato.

L'aria pungente invernale accarezzò la guancia di Isabella. Sul suo volto ormai non vi era più alcuna traccia dell'espressione cupa della Mamma allevatrice che aveva provato a fermare i fuggitivi. Il suo viso era illuminato dal sorriso gentile e amorevole di una *madre*, e nulla più.

Il vento trasportava con sé l'odore intenso del fumo. La donna afferrò una coperta e la usò per proteggere i bambini dalla cenere che svolazzava ovunque. Una folata improvvisa sollevò in aria rimasugli di carta mezzi bruciati, facendoli danzare nel cielo come soffici fiocchi di neve.

Un foglietto dai bordi inceneriti atterrò con delicatezza accanto a Isabella che, senza pensarci, lo raccolse da terra.

«Ah...»

La donna spalancò gli occhi sbalordita. Quella scrittura, per lei oltremodo familiare, le riportò alla memoria ricordi di una lacerante nostalgia, intrecciati a doppio nodo con la canzone che, fino a poco prima, aveva canticchiato.

Perché proprio adesso? E pensare che in tutti questi anni ho evitato appositamente di aprire quel quaderno...

«Leslie...»

Isabella pronunciò quel nome come se lo stesse invocando.

Sul foglio di carta era annotata una lista.

I

I caldi raggi del sole illuminavano il tetto dell'istituto. Da ogni angolo del giardino provenivano le voci allegre dei bambini più piccoli.

Ai piedi di un albero in cima alla collina, solitario oltre il limitare del giardino, un ragazzino canticchiava un motivetto con voce sommessa.

I capelli setosi e gli occhi di una tonalità tenue, il bambino mormorava quella dolce canzone a voce così bassa che soltanto la farfalla che gli svolazzava attorno avrebbe potuto udirne le note.

«Che bella melodia!»

Il ragazzino fu colto di sopresa da una voce, proveniente dall'alto e, interrotta l'esecuzione, balzò in piedi di scatto. Fu allora che Leslie alzò lo sguardo in direzione del ramo sopra la propria testa.

«Isabella!»

La bambina saltò giù con l'agilità di un felino, aggrappandosi al tronco dell'albero. La treccia che le scendeva lungo la schiena saltellava assecondandone i movimenti.

«Mi stavo arrampicando su quell'albero quando ho sentito una bella canzone, così...»

Il volto di Isabella fu illuminato da un sorriso a metà tra il divertito e il dispiaciuto. Leslie, ancora in preda allo spavento, si premeva il petto all'altezza del cuore, nel tentativo di calmarne le palpitazioni.

«Mi hai spaventato!»

La ragazzina si accovacciò accanto a lui, cingendosi le ginocchia con le braccia.

«Che canzone era?»

A quella domanda, Leslie balbettò per un attimo. Una parte di lui non aveva intenzione di dare spiegazioni, ma un'altra era felice che Isabella avesse mostrato interesse per la canzone, quindi rispose con un filo di voce: «Non ha un titolo... Non gliel'ho ancora dato».

A quel punto, Isabella si sporse in avanti strabuzzando gli occhi incredula.

«L'hai composta tu, Leslie?!»

«Sì...»

Se non gli aveva ancora dato un titolo, doveva essere tutta opera sua... Leslie, spiazzato dalla meraviglia della sorella, aveva risposto imbarazzato confermando la deduzione.

«Wow!» esclamò Isabella, in tono spensierato, spalancando i profondi occhi neri.

La ragazzina continuava imperterrita a fissare il fratello. Si vedeva che aveva parlato con sincerità. Provava un grande rispetto nei confronti di chi riusciva in cose che lei non sapeva fare e aveva rivolto un sorriso al ragazzino.

«Fammela risentire!»

«Eh?»

Leslie, colto di sorpresa, sbatté un paio di volte le palpebre, quindi rivolse lo sguardo in direzione di Isabella, lì vicino, che lo fissava in attesa che lui iniziasse a cantare.

«Sì.»

Di fronte alla sua prima spettatrice, Leslie si sentiva un po' a disagio.

«Ma è imbarazzante, quindi non dirlo a nessuno, okay?» disse, l'indice puntato in alto, mentre metteva in chiaro le sue condizioni.

Isabella lo guardò e annuì sorridendo. E così Leslie iniziò timidamente a cantare. All'inizio sussurrava in maniera quasi impercettibile, come se le stesse confidando un segreto. Poi, d'un tratto, la sua minuscola voce tremante si tramutò in una melodia penetrante e cristallina.

Impacciato e insicuro nella vita quotidiana, quando si trattava di cantare o di suonare uno strumento musicale Leslie si trasformava completamente: gli occhi gli si illuminavano come se gioisse dal profondo del cuore. Isabella, che aveva già memorizzato le parole della canzone, non poté fare a meno di unirsi al canto del fratello. Lui, colto di sorpresa, all'inizio le rivolse uno sguardo meravigliato, ma proseguì l'esecuzione senza interrompersi. La ragazzina intonava la spensierata melodia a pieni polmoni.

Che canzone meravigliosa...

Le loro voci, in perfetta sincronia, risuonavano per la collina, cavalcando le ali del vento.

Da quel giorno, Isabella e Leslie cantarono quella canzone molte altre volte. Il tempo speso insieme trascorreva piacevole e divertente.

Lei amava correre all'aria aperta e giocare a scacchi con gli altri bambini, ma quando era insieme a lui il suo cuore si riempiva di una serenità diversa.

La sua canzone era una sintesi dell'aura delicata e gentile che il ragazzino emanava. Ogni volta che Isabella si complimentava con lui, Leslie immancabilmente scuoteva il capo e abbassava lo sguardo a terra.

«Io non sono bravo in nulla.»

Lei non riusciva a capacitarsi dell'atteggiamento schivo del fratello. Componeva musica da sé, aveva una bella voce e sapeva suonare il violino... Eppure il ragazzino non sembrava nutrire alcuna fiducia nelle proprie capacità e, al contrario, elogiava sempre la sorella.

Agli occhi di Leslie, Isabella rappresentava la perfezione. Riusciva in tutto quello che faceva, ottenendo sempre risultati sopra la media.

Era intelligente, otteneva il punteggio massimo in ogni test, possedeva eccellenti abilità fisiche, era agile e scattante, tutti le volevano bene. I bambini più piccoli facevano affidamento su di lei, e i fratelli e le sorelle maggiori la stimavano profondamente.

Leslie, paragonando sé stesso a Isabella e alla sua personalità estroversa, si sentiva inutile e impacciato. Lo studio non era il suo forte, quando giocavano ad acchiapparello era sempre tra i primi che venivano presi. Non era un gran parlatore, senza considerare che non riusciva a far divertire le persone intorno a sé, così non era tenuto particolarmente in considerazione dai fratelli.

La musica gli piaceva molto, ma ai suoi occhi quella non era una qualità per cui valesse la pena essere lodati. Nella sua testa solo chi eccelleva nello studio e nello sport era meritevole di stima. Per quel motivo ciò che desiderava più di tutto era superare Isabella in qualunque altra attività, a patto che non avesse a che fare con la musica. Nel profondo del cuore voleva cambiare.

Con quel pensiero fisso in testa Leslie aveva iniziato, diverso tempo prima, a stendere la sua lista.

«Uff... Anche oggi niente da fare» mormorò con aria afflitta Leslie, avvolto nel silenzio della sua stanza.

Era appena terminato il tempo libero del pomeriggio e il ragazzino, seduto sul suo letto, stringeva tra le minute mani qualcosa che somigliava a una piccola agenda. Scorse un dito sulla pagina, dall'alto in basso, e sospirò malinconico.

A quel punto, dalla porta rimasta aperta, fece capolino la testa di Isabella.

«Leslie, la mamma ti sta chiamando.»

«Eh? Ah, sì. Arrivo.»

Leslie si affrettò a chiudere l'agenda e a riporla con fare maldestro nel cassetto. Quindi raggiunse la sorella e insieme si diressero al piano di sotto. Nella mensa i preparativi per la cena erano quasi ultimati. Giunti all'ingresso della sala, Isabella richiamò l'attenzione della mamma, alle prese con i bambini più piccoli che correvano scalmanati a destra e a sinistra.

«Mamma, sono andata a chiamare Leslie!»

La donna che si voltò all'appello di Isabella indossava un abito nero che le scendeva giù fino alle caviglie e un grembiule bianco. Leslie, in piedi accanto alla sorella, muoveva nervosamente lo sguardo da una direzione all'altra in attesa di sapere che cosa dovesse dirgli la mamma.

La donna si avvicinò e, rivolgendo al bambino un sorriso gentile, gli posò una mano sulla spalla.

«Leslie, congratulazioni!»

Al suono di quelle parole, il ragazzino sollevò gli occhi incontrando quelli della mamma.

«È stata trovata una famiglia per te.»

II

Intento a organizzare le proprie cose allineando in maniera ordinata giocattoli, libri e vestiti sul letto, Leslie continuava a sospirare con aria sconsolata. Dopo cena, mentre gli altri bambini erano impegnati con i turni di pulizia o con gli esercizi di preparazione al test del giorno seguente, Leslie decise di sfruttare quel momento di pausa per preparare i bagagli.

«Leslie, stai già facendo le valigie?» domandò Isabella, avvicinandosi all'amico.

«No, volevo solo dare una sistemata al mio cassetto per decidere cosa portare con me.»

«Ho capito. Ti do una mano?»

La ragazzina si sedette sul letto e perlustrò con lo sguardo il contenuto del cassetto di Leslie, spalmato in maniera uniforme davanti a loro. C'era di tutto, dai disegni che i bambini più piccoli gli avevano regalato alle lettere ricevute dai fratelli e dalle sorelle maggiori che avevano lasciato l'istituto prima di lui. Isabella prese tra le mani il biglietto ricevuto da una sorellina che aveva lasciato Grace Field House il mese precedente.

«Dopodomani sera te ne andrai anche tu» sospirò lei.

«Eh, già... Così pare. Anche io non ho ancora realizzato del tutto.»

Leslie abbassò lo sguardo sul cassetto ormai vuoto e si mise a pulirne accuratamente l'interno.

«Senti, Leslie. C'è qualcosa che ti piacerebbe fare prima di andartene? Qualche conto in sospeso da chiudere?»

«In che senso?»

Il ragazzino fu colto alquanto di sorpresa dalla domanda improvvisa di Isabella. Lei si cinse il mento tra il pollice e l'indice con aria pensierosa, quindi spalancò gli occhi come colta da un'improvvisa illuminazione.

«Ma sì! Per esempio fare uno scherzetto a qualcuno, disobbedire alla mamma...»

«Io non faccio queste cose.»

Isabella rispose all'espressione sconvolta di Leslie con una risata maliziosa.

«Su, che male c'è? Tanto poi te ne andrai...»

Tuttavia, Leslie aveva altre preoccupazioni per la testa.

«Be', sì... Però...» rispose quindi con aria distratta.

Lo sguardo del ragazzino andò a posarsi involontariamente sull'agenda, allineata sul letto insieme al resto delle sue cose, proprio accanto a Isabella. Avrebbe voluto prenderla e riporla nel cassetto, lontano dalla portata della sorella, ma un gesto improvviso avrebbe senz'altro attirato la sua attenzione. Mentre lui continuava a sforzarsi di elaborare una strategia discreta per riprendersi l'oggetto, la ragazzina si accorse che gli occhi dell'amico puntavano con curiosa insistenza in un punto preciso e, senza pensarci due volte, agguantò l'agenda.

«Questa te la porti?»

«Ah!»

Nel panico, Leslie cercò goffamente di sottrarla dalla presa di Isabella, ma nel tentativo urtò la mano della sorella e l'agenda cadde sul letto aprendosi alla pagina che Leslie aveva consultato infinite volte. Isabella strabuzzò gli occhi alla vista degli appunti sulla pagina in questione.

«Ma questo...»

«No, Isabella! Non leggere!»

Con quelle parole, Leslie si fiondò sull'agenda nel tentativo di raccoglierla prima della sorella, ma Isabella fu più veloce. Evitato il fratello, la ragazzina strinse il taccuino tra le mani.

«"Lista degli obiettivi"...»

Sotto il titolo in cima alla pagina, c'era un elenco numerato scritto a matita.

1. Imparare a suonare il secondo notturno.
2. Ottenere il massimo punteggio al test.
3. Essere preso per ultimo ad acchiapparello.
4. Leggere tutti i libri della biblioteca.
5. Riuscire ad arrampicarmi su un albero.
6. Stupire i bambini più piccoli con qualche trovata.
7. Ricevere i complimenti della mamma per qualcosa che non abbia a che fare con la musica.
8. Scoprire cosa c'è al di là del bosco.
9. Far vedere una stella cadente.

La lista sembrava continuare, ma l'ultima riga era stata cancellata da un tratto di matita nera pesante.

Leslie riuscì a strappare l'agenda dalle mani di Isabella prima che lei potesse decifrare attraverso la cancellatura l'ultimo punto della lista.

«Ecco… io…»

Il ragazzino, paonazzo in volto, abbassò lo sguardo. Nascondendo l'espressione dei suoi occhi dietro la frangia, spiegò con un filo di voce: «Ho buttato giù una lista di cose che volevo imparare a fare prima di lasciare l'istituto».

Imbarazzato fino al midollo, con la sua agenda stretta in mano, Leslie non riusciva a guardare Isabella in faccia.

«Senti, perché non proviamo a realizzare tutti questi obiettivi?»

Il ragazzino non si aspettava certo di sentire quelle parole uscire dalla bocca della sorella. Incredulo, trovò finalmente il coraggio di sollevare il viso.

«Eh?!»

In quel momento, i suoi occhi incontrarono quelli scuri e luminosi di Isabella.

«Non ti sentirai insoddisfatto se comincerai la tua nuova vita con la sensazione di avere ancora qualcosa da fare qui?»

«Be', sì. Però ormai è impossibile. Mi restano solo due giorni.»

«Diciamo invece che ti restano *addirittura due giorni!*»

Bastarono quelle poche parole per ribaltare la prospettiva negativa di Leslie.

«Cominciamo dal punto 1, il secondo notturno!» esclamò Isabella, saltando agilmente giù dal letto.

«Cosa? In un solo istante hai imparato a memoria tutta la lista?!»

Leslie, l'agenda stretta al petto, guardava la sorella esterrefatto per la sua incredibile capacità di memorizzazione.

«Che ci vuole... Non è mica così lunga!» rispose Isabella, con una naturalezza che lasciò l'altro senza parole. Non c'era da meravigliarsi che ottenesse sempre il massimo punteggio nei test.

«Allora è deciso! Ci vediamo domani nell'aula di musica nel tempo libero.»

Sentendosi chiamare dal corridoio, Isabella salutò Leslie con un breve cenno della mano e, la treccia serpeggiante a mezz'aria, uscì dalla stanza.

«S... sì...»

Leslie, l'espressione perplessa, se ne stava immobile con la sua agenda, che prima di allora non aveva mostrato a nessuno, stretta tra le mani.

III

Il giorno seguente, rassettato dopo il pranzo, i due si incontrarono nell'aula di musica.

«È questo il pezzo a cui ti riferivi?» chiese Isabella, dopo aver estratto un volume dal polveroso scaffale su cui erano allineati vecchi spartiti musicali.

«Sì.»

Leslie prese in mano lo spartito e lo adagiò sul leggio.

«In realtà, questo notturno è stato composto per pianoforte, quindi può darsi che cambi un po' se suonato con il violino.»

Il ragazzino poggiò sul tavolo una custodia per strumenti musicali e la aprì. Al suo interno vi era riposto un violino abbastanza datato, conservato tuttavia con grande cura.

Estratto dalla custodia lo strumento di legno lucido, Leslie se lo poggiò delicatamente sulla spalla fissandolo con l'ausilio del mento. Quindi impugnò l'archetto e iniziò a produrre qualche nota per accordarne il suono. Una vibrazione morbida attraversò da un capo all'altro il silenzio in cui era immersa l'aula di musica.

Il ragazzino guardò la sorella con la coda dell'occhio, quindi fece un respiro profondo per scacciare la tensione e diede inizio all'esecuzione. Una melodia avvolgente riempì immediatamente la stanza. Isabella, seduta su uno sgabello a qualche metro di distanza, tese l'orecchio e chiuse gli occhi per lasciarsi trasportare dalle note di quella intensa melodia. Leslie faceva vibrare le corde del violino seguendo con lo sguardo lo spartito, nota dopo nota. Nonostante si trattasse di due pezzi completamente diversi, la dolcezza della musica prodotta dallo strumento si sovrapponeva in maniera incomprensibilmente armoniosa al canto di Leslie.

Isabella attese il termine dell'esecuzione, quindi si abbandonò in uno scroscio di applausi.

«È un pezzo stupendo!»

«Anche a me piace tanto, ma è molto difficile... Per quanto mi eserciti, non riesco ancora a suonarlo alla perfezione.»

«Ma che dici? A me è sembrata un'esecuzione eccellente! Per quanto mi riguarda hai portato a termine il primo obiettivo della lista.»

«No, non ci siamo. Non riesco ancora a suonare in maniera fluida questo passaggio delicato. Inciampo sempre in questa nota» disse Leslie puntando l'archetto contro lo spartito.

Isabella sbirciò la partitura indicata da Leslie, tuttavia, oltre a riconoscere una serie di note allineate l'una accanto all'altra, non riusciva a comprendere bene quale fosse il problema.

Dopo qualche secondo di esitazione alzò lo sguardo dallo spartito e disse: «Uhm... Ho capito. Perché non provi a trascrivere a parte il pezzo che non ti convince e ti eserciti solo su quello?»

Leslie restituì a Isabella uno sguardo perplesso.

«Non ne capisco molto di musica, ma insieme possiamo trovare una soluzione!» esclamò lei con un sorriso.

Il ragazzino temeva di costringere la sorella in una noiosa sessione di esercizi, ma era felice che lei si stesse prodigando tanto per aiutarlo e le sorrise.

«Grazie...»

Leslie si esercitò ripetutamente nell'esecuzione del punto critico, quindi suonò il pezzo per intero dall'inizio.

«Peccato! C'eri quasi riuscito...»

Ormai anche l'orecchio di Isabella si era abituato alla melodia al punto di riuscire a individuare il passaggio incriminato. Il ragazzino, terminata l'esercitazione, non poté fare a meno di ammirare la rapidità con cui la sorella riusciva a destreggiarsi in qualunque attività.

Leslie poggiò a terra il violino e sussurrò: «In realtà, quando suono in presenza di qualcuno mi innervosisco e faccio più errori del solito...»

«Davvero? Scusa, non immaginavo! Preferisci che esca?» ribatté prontamente la ragazzina, indicando la porta dell'aula.

Tuttavia Leslie si affrettò a scuotere il capo.

«No, no. Intendevo dire che, nonostante in genere l'emozione mi giochi brutti scherzi, esercitandomi con te rendo anche meglio di quanto non faccia da solo.»

Leslie aveva parlato facendo girovagare lo sguardo nervosamente per la stanza.

All'inizio Isabella gli aveva lanciato un'occhiata perplessa, ma poi l'espressione sul volto della ragazzina si era distesa in un sorriso sollevato.

«Ne sono contenta! A proposito, sai suonare anche questa?»

«Eh?»

Isabella iniziò a canticchiare il motivetto di qualche giorno addietro e Leslie, inavvertitamente, si lasciò sfuggire una risata. Era la canzone che lui stesso aveva composto. Dal momento che non aveva ancora un titolo, i due avevano preso l'abitudine di riferirsi a quella canzone canticchiandone il ritornello a labbra serrate.

«Sì.»

Così dicendo, il ragazzino sollevò il violino da terra, si sistemò lo strumento sulla spalla e iniziò a suonare. Isabella, lasciandosi accompagnare da quella dolce melodia, iniziò a cantare, assecondando la variazione del ritmo con la quale Leslie aveva trasformato il pezzo in una sorta di allegra ballata. Isabella scoppiò in una sonora risata.

«Va bene così, torniamo alla nostra esercitazione!»

Il ragazzino tornò ad analizzare la partitura contenente la complessa successione di note, mentre la sorella rivolse uno sguardo furtivo all'orologio appeso alla parete dell'aula di musica. Il tempo libero sarebbe terminato alle cinque.

«Ascolta, Leslie… Rimandiamo l'esecuzione del notturno a domani. Che ne dici di proseguire con il prossimo punto della lista?»

Leslie si sforzò di ricordare l'ordine dei punti sulla lista, ma Isabella fu più veloce di lui.

«"Ottenere il massimo punteggio al test"!»

Isabella e Leslie erano seduti al grande tavolo della biblioteca, l'uno accanto all'altra.

«Quindi, quando in questi casi ti viene chiesto di calcolare la superficie, prima di tutto applichi la formula $S=12\ A=3\surd 25+10\surd 5\alpha^2$, poi usi il valore ottenuto per il solido A e infine...»

«P... potresti ripetere?»

Leslie, il quaderno degli appunti aperto, se ne stava con la testa tra le mani. Isabella spiegava con estrema scioltezza la metodologia di risoluzione del problema, ma la complessità del ragionamento superava il livello di comprensione del fratello, che finì per abbandonarsi con un rumoroso sospiro sul quaderno.

«È impossibile, non ce la farò mai a ottenere il massimo punteggio al test di domani...»

«Non dire così! Devi soltanto memorizzare la tecnica di risoluzione. Poi basta applicare la formula e il gioco è fatto!»

L'amica la faceva sembrare una questione banale. Leslie avrebbe voluto ribattere che per lei era tutto semplice perché era molto intelligente, ma decise di soffocare la frustrazione e ingoiare il rospo.

«Isabella! Leslie! Dai, andiamo a giocare!»

«Leslie tra poco se ne andrà e non potremo più stare insieme.»

Alcuni tra i bambini più piccoli di Grace Field House avevano fatto capolino nella biblioteca. Alzandosi in punta di piedi per far spuntare il viso dal tavolo a cui Leslie e Isabella erano seduti, confessarono di averli cercati a destra e a manca per tutta la durata del tempo libero. I fratelli maggiori si scambiarono una rapida occhiata: per quanto lo studio non procedesse granché, i due non se la sentirono di rifiutare in tronco la richiesta dei più piccoli. Rivolta verso Leslie che aveva annuito con un sorriso ironico, Isabella annunciò a gran voce la decisione finale.

«E sia! Passiamo al prossimo punto! "Essere preso per ultimo ad acchiapparello"!»

I bambini esplosero in un grido di giubilo. Senza perdere altro tempo, la ragazzina si affrettò verso l'uscita della biblioteca seguita dai fratelli minori.

«I… Isabella! Aspetta!»

In un attimo i fratelli erano scomparsi e Leslie, colto alla sprovvista, si era precipitato dietro agli altri, con le penne e il quaderno ancora tra le braccia.

In giardino risuonava la voce del bambino che doveva cercare gli altri.

«Uno… Due…»

«Uff, uff… Isabella, aspettami!»

Isabella correva a perdifiato verso il limitare del bosco, schivando con agilità rocce e arbusti. Leslie, il fiato corto, faceva del proprio meglio per starle dietro senza perderla di vista. Lo sguardo incollato sulla schiena della sorella, aveva rischiato innumerevoli volte di inciampare in qualche sasso o nelle radici scoperte degli alberi. Isabella si voltò nella sua direzione e, sollevando l'indice in aria, disse: «Presto! Arrampicati qui sopra prima che ci trovino».

«Che?!»

Il dito della ragazzina puntava un gigantesco albero con rami lussureggianti. Leslie, entrambe le mani poggiate sulle ginocchia, respirava affannosamente nel tentativo di riprendere fiato.

«Non sono capace di arrampicarmi su un albero così alto!»

A quelle lamentele, sul volto di Isabella si accese un lampo di genio.

«Vedila così, sarebbe l'occasione per raggiungere l'obiettivo 5 della lista! "Riuscire ad arrampicarmi su un albero". Dico bene?»

«Eh? Ma che…»

«In questo modo riusciresti in un colpo solo a realizzare sia il punto 3 "Essere preso per ultimo ad acchiapparello", che il punto 5 "Riuscire ad arrampicarmi su un albero". E se ci spingessimo ancora un po' in là, potremmo arrivare al limite della foresta e spuntare dalla lista anche l'obiettivo 8. Tre in un colpo solo!»

Isabella continuava a sfornare un'idea dietro l'altra. Mentre Leslie, lo sguardo dubbioso, fissava il volto dell'amica illuminarsi sempre di più, il ragazzino non poté fare a meno di provare un senso di profonda ammirazione verso l'attitudine propositiva dell'altra. Quel modo di ragionare rispecchiava lo stile con cui giocava a scacchi: ottimizzare gli sforzi per ottenere il massimo dei risultati con una sola mossa. Ascoltando le parole di Isabella, il ragazzino ebbe la sensazione di poter davvero portare a termine tutti gli obiettivi della sua lista prima di lasciare l'istituto.

Sfortunatamente, per quanto il piano dell'amica fosse a dir poco perfetto sulla carta, la realizzazione pratica era ben altra cosa.

«Non… non ci arrivo!»

«Tranquillo, ci sei. Lascia libera quella mano e prova ad allungarla in questa direzione!»

Da sopra un ramo, Isabella guidava Leslie nella sua arrampicata e distese una mano verso il fratello per aiutarlo a salire. Lui riuscì ad afferrare il ramo, ma non appoggiò bene un piede e si ritrovò a divincolarsi, appeso a mezz'aria.

«Anche se dici così, io non… Waaah!»

Alla fine, cadde dall'albero con un tonfo. Per fortuna, non trattandosi di un'altezza esagerata, se la cavò con qualche graffio e un bello spavento.

«Ahi, ahi…»

«Leslie, che stai facendo?»

Attratto dal trambusto, il fratellino a cui era toccato contare fece capolino tra i cespugli con un'espressione vittoriosa in viso.

«Tana per Leslie!»

«Ugh…»

Leslie, fallita miseramente la missione, abbassò lo sguardo a terra e sospirò sconsolato.

Dal suo ramo, le braccia conserte, Isabella rifletteva sulla prossima carta da giocare.

«Va bene, proseguiamo con l'obiettivo 4: "Leggere tutti i libri della biblioteca"!»

«Isabella, onestamente non credo sia fattibile» obiettò Leslie alla vista della montagna di volumi che la sorella trasportava in equilibrio precario. Era già sera e il ragazzino, impegnato a terminare i preparativi per il test del mattino seguente prima dello spegnimento delle luci, fissava con occhi sgranati la sfilza di tomi che Isabella continuava imperterrita ad accatastare uno sopra l'altro. Terminata l'operazione, l'amica si sedette a sua volta sul bordo del letto di Leslie.

«Tranquillo, mi metto a leggere anch'io.»

«Ma… non ha senso se li leggi tu!»

Seguendo l'esempio di Isabella, anche lui agguantò il primo libro a portata di mano e lo aprì. Il titolo era: *L'ingegneria meccanica e la storia dell'Uomo*. Leslie non poté fare a meno di domandarsi chi mai avrebbe potuto leggere un testo così massiccio e complesso. La ragione del suo desiderio era la convinzione che in quel modo sarebbe sicuramente diventato intelligente quanto Isabella. Non era avverso alla lettura, ma quando aveva tra le mani un testo di livello complesso impiegava parecchio tempo a comprenderne i contenuti.

«Isabella, tra poco le luci saranno spente…»

«Okay» rispose con aria distratta lei, senza staccare lo sguardo dal libro che teneva poggiato sulle ginocchia.

Voltava le sottili pagine di carta, una a una, senza mai fermarsi, al punto che Leslie la osservava incredulo, chiedendosi come facesse ad assorbire tutte quelle informazioni a una tale velocità. I compagni di stanza del ragazzino iniziarono, uno dopo l'altro, a sbadigliare, cadendo pian piano addormentati. Qualcuno respirava profondamente, qualcun altro russava di gusto. Era giunta l'ora di spegnere tutte le luci all'istituto, per cui i due continuarono per un po' a leggere di nascosto con una sola lampada.

Tuttavia, nel giro di qualche minuto, la mamma sarebbe salita a controllare ogni singola stanza, e loro non avrebbero certo potuto farsi trovare ancora svegli.

«Senti, Isabella… È meglio se torni in camera tua adesso…» sussurrò Leslie preoccupato. Solo allora Isabella, completamente assorbita dalla lettura, alzò il naso dal libro.

In lontananza si udì un suono di passi leggeri proveninente dal corridoio.

«Ehi, Isabella! Hai sentito?»

«Leslie, fai finta di dormire!»

«Eh?»

La ragazzina si distese velocemente sul pavimento, calandosi ai piedi del letto, con il suo libro stretto al petto. Leslie stava ancora chiedendo cosa l'amica stesse combinando, quando la porta della stanza si aprì. La mamma, che stava effettuando il consueto giro di controllo per verificare che tutte le luci fossero opportunamente spente, vedendolo ancora alle prese con la lampada, lanciò in direzione del ragazzino uno sguardo di disappunto.

«Leslie! Che ci fai sveglio a quest'ora? Forza, a dormire!»

«S… sì.»

Così dicendo, Leslie si affrettò a chiudere il libro e infilarsi sotto le coperte.

Insomma, Isabella… Se avevi capito che la mamma stava per entrare, avresti anche potuto avvisarmi.

Il ragazzino, il volto nascosto per metà dal lenzuolo, osservò la mamma uscire dalla stanza e tornare sui suoi passi. Fu allora che gli tornò in mente il punto 7 della lista: "Ricevere i complimenti della mamma per qualcosa che non abbia a che fare con la musica". Invece aveva ricevuto una bella strigliata…

Una volta che la porta della stanza fu chiusa, l'eco distante dei passi della donna si allontanò lungo il corridoio e Isabella si sollevò da terra.

«La mamma se n'è andata?»

«Sì. Però Isabella, sul serio… se non torni in camera tua saremo nei pasticci.»

La ragazzina, con un lieve sospiro, posò sul letto il libro che stava leggendo.

«Sono riuscita a leggere solo dieci libri» mormorò con aria insoddisfatta mentre si riavviava la treccia dietro le spalle. In effetti, vicino a lei erano ammonticchiati i libri che aveva letto.

Leslie abbassò lo sguardo in direzione del volume aperto sulle proprie ginocchia e inarcò le sopracciglia sconsolato.

«In tutta onestà, non credo di poterne realizzare neanche uno, di quegli obiettivi» concluse Leslie con un filo di voce per non svegliare gli altri fratelli, mentre posava il volume e apriva l'agenda su cui aveva scritto la sua lista. «Io… non sono abbastanza bravo.»

Fino a quel momento aveva combattuto quella battaglia da solo, all'insaputa degli altri. Si era convinto che il raggiungimento di tutti gli obiettivi sulla lista gli avrebbe permesso di trasformarsi in un nuovo Leslie, il sé stesso che avrebbe sempre voluto diventare, e di ricominciare tutto da zero. E mentre si perdeva in congetture, sognando a occhi aperti la prospettiva di una vita diversa, era arrivato per lui il momento di lasciare Grace Field House.

Il giorno precedente, mentre passava al vaglio con cura le proprie cose, Leslie si era già rassegnato al fatto che ormai non avrebbe più potuto portare a termine gli obiettivi della lista, non avrebbe mai fatto in tempo… Perciò non gli restava altro che rinunciare e mettere un punto alla questione.

Tuttavia, in maniera del tutto inaspettata era entrata in scena Isabella, offrendosi di aiutarlo.

Non mi sarei mai immaginato che un giorno lei avrebbe avuto a che fare con questa lista…

Leslie si era ormai rassegnato alla sconfitta quando l'amica era entrata in scena e, con un sorriso, l'aveva incoraggiato a fare un ultimo tentativo. Le sue parole l'avevano convinto a dare il meglio di sé negli ultimi due giorni prima della partenza. In un angolo della sua mente era sbocciata la speranza che, con l'aiuto di Isabella, forse ce l'avrebbe fatta.

Tuttavia, era stato tutto inutile.

Sapevo già come sarebbe finita, pensò Leslie, abbandonando le spalle depresso. *Anche se Isabella si è offerta di aiutarmi, questo non aumenta improvvisamente le mie capacità. Anche se oggi ho dato il massimo, non sono riuscito a raggiungere neppure uno degli obiettivi sulla lista.*

«Servirebbero delle stelle cadenti... Non posso farcela con le mie sole forze.»

Ormai era convinto di non avere alcuna possibilità, senza un miracolo. Mentre lui se ne stava con lo sguardo basso, Isabella sporse il busto in avanti, in direzione dell'amico.

«Però abbiamo ancora tempo, no? È presto per arrendersi!»

Leslie restituì un sorriso a Isabella che, senza esitazione, continuava a rivolgergli parole di incoraggiamento. Ben presto, però, quell'espressione di speranza fu inquinata dal disprezzo per sé stesso, per tingersi poi di tristezza.

«Isabella, io ti stimo davvero. Hai un'incredibile forza, e dai sempre il meglio di te senza mai arrenderti.»

Sul suo volto, illuminato dalla fiamma traballante della lampada a olio, calò un'ombra malinconica, mentre tornava a guardare la lista che lui stesso aveva scritto.

«Io, però, sono un buono a nulla. I miei nuovi genitori si pentiranno sicuramente di aver adottato uno come me» sussurrò il ragazzino, esprimendo concetti che pensava da tempo.

A quel punto richiuse l'agenda, poggiando le mani senza forza sulla copertina.

«Domani chiederò alla mamma il permesso di rinunciare all'adozione.»

Dal momento in cui aveva saputo di essere stato scelto da una famiglia adottiva, nel cuore di Leslie aveva cominciato a farsi largo la convinzione che all'istituto ci fossero tanti bambini molto più in gamba e meritevoli di lui. Leslie guardava il volto di Isabella, seduta di fronte a lui.

E se la nuova famiglia si dovesse lamentare e dicesse che non mi vuole più? Anche se non dovessero esplicitarlo a parole, sicuramente si pentirebbero di aver scelto me!

Le insicurezze non avevano fatto che aumentare nella mente di Leslie, per cui il pensiero di una nuova vita insieme alla futura famiglia adottiva, che avrebbe dovuto riempirlo di un senso di eccitazione e aspettativa, al contrario lo aveva reso ansioso e preoccupato. Era consapevole che, prima o poi, tutti i bambini avrebbero lasciato l'istituto per iniziare una nuova vita. Tuttavia, quando il momento era arrivato, lui era stato colto da una paura disarmante. Avrebbe voluto restare per sempre all'istituto, per continuare a vivere insieme alla mamma, a Isabella e a tutti gli altri fratelli e sorelle…

Ovviamente c'era anche una parte di lui desiderosa di scoprire il mondo esterno e di circondarsi di tutta la musica che all'istituto non c'era. Voleva sentire un'orchestra esibirsi dal vivo, suonare spartiti che ancora non conosceva e far ascoltare a tutti la canzone che lui stesso aveva composto.

Da un lato sognava il mondo esterno con tutte le sue ricchezze, ma in cuor suo continuava a pensare che, finché a Grace Field ci fosse stata anche Isabella, la nuova famiglia avrebbe anche potuto aspettare. L'adozione avrebbe significato separarsi per sempre da lei e avrebbe stabilito la fine della loro vita quotidiana: le risate spensierate, i piani assurdi, gli incoraggiamenti sinceri, le canzoni insieme…

Con quella moltitudine di pensieri tristi in mente, Leslie sospirò. Era sul punto di invitare per l'ennesima volta Isabella a tornarsene in camera, quando la sorella esordì rompendo il silenzio.

«Perché dici così?»

«Eh?»

Alla domanda improvvisa e diretta della ragazzina, lui scosse le spalle per la sorpresa.

Isabella era arrabbiata. Alla luce della lampada, il suo viso appariva teso e severo, un'espressione ben lontana dal sorriso di sempre. Leslie, stupito, non riuscì a spiccicare parola, mentre l'amica lo fissava con uno sguardo intenso come non mai.

«La famiglia adottiva ha scelto te. Non hanno voluto me, né qualcuno degli altri bambini all'istituto. È te che vogliono. Perché dici queste cose?»

A quel rimprovero incalzante, Leslie sentì la lingua annodarglisi in bocca.

«S… scusa, Isabella… Non avevo intenzione di…»

Balbettando qualche scusa impacciata, il ragazzino fece per stendere una mano verso Isabella in segno di rappacificazione, ma la sorella fu più rapida di lui e, con uno scatto, si alzò dal letto sfuggendo il contatto.

«Non voglio più saperne di te!»

Con quella frase arida e concisa, Isabella si lanciò fuori dalla stanza, chiudendosi la porta alle spalle, come per soffocare la voce che la chiamava.

«Isabella!»

In piedi davanti alla porta della stanza della ragazzina c'era la mamma, giunta lì durante il giro di ronda. Isabella si diresse, incurante delle conseguenze, in quella direzione.

Quando la piccola comparve improvvisamente alle sue spalle, la donna ripose con discrezione l'orologio da taschino.

«Isabella! Dove ti eri cacciata? È ora di andare a dormire.»

«Mi dispiace, mamma.»

Aggirando la donna passandole a fianco, Isabella entrò in camera e sprofondò nel proprio letto. Dopo averla osservata per un po', la mamma le augurò la buonanotte, richiudendosi infine la porta alle spalle.

La fievole luce del cielo blu oltremare penetrava ovattata all'interno della stanza inghiottita dal buio della notte.

Tutt'intorno si udiva il respiro regolare degli altri fratelli, già da tempo scivolati in un sonno profondo. Isabella, la faccia affondata nel cuscino, ripensava alle dure parole di poco prima e improvvisamente un dolore acuto le trafisse il petto.

«...»

Perché sono stata così crudele?

Era la prima volta che litigava con Leslie.

Avvolta tra le lenzuola gelide, l'emotività che poco prima aveva preso il sopravvento su di lei iniziò a stemperarsi. All'improvviso, quando le parole che aveva finito per dire all'amico le tornarono alla mente, fu colta da senso di colpa e vergogna.

Leslie non ha fatto niente di male...

«È solo colpa mia.»

Isabella si morse la lingua.

Quando Leslie aveva rivelato di voler rinunciare alla proposta di adozione, dal cuore della ragazzina era traboccato un sentimento oscuro che non era riuscita a soffocare.

Ogni volta che vedeva qualcuno dei fratelli lasciare Grace Field House, si sentiva così.

Neanche stavolta è toccato a me.

Non avrebbe mai potuto esprimere quel pensiero a voce alta, così ogni volta finiva per soffocarlo in un angolo remoto del proprio cuore. In fin dei conti, per lei, ciascun fratello era importante e insostituibile. Non avrebbe potuto che gioire alla lieta notizia di una nuova vita fuori dall'istituto. In cuor suo avrebbe voluto condividere con loro la felicità del momento, ma il fatto che venissero preferiti altri bambini a lei la faceva sentire ansiosa e inadeguata.

Isabella sentiva di avere qualcosa di sbagliato in sé, che le impediva di essere scelta. Proprio per colmare quel senso di inferiorità e rendersi più desiderabile agli occhi di una potenziale famiglia adottiva, la ragazzina dava ogni giorno il meglio di sé, tanto nello studio quanto in qualunque altra attività: non solo otteneva sempre il massimo dei voti, ma si prendeva anche cura dei fratelli più piccoli di propria iniziativa ricevendo numerose lodi dalla mamma.

Eppure veniva puntualmente scelto qualche altro bambino al posto suo. Era come se venissero adottati, uno dopo l'altro, i fratelli con maggiori difficoltà nello studio.

«Ah...»

Isabella si rigirava nel letto senza trovare pace. Accortasi di avere ancora i capelli legati nella treccia che portava dalla mattina, infilò un dito nell'intrico di ciocche e si sciolse la pettinatura. La folta chioma adagiata sul cuscino, la ragazzina provò a stendersi nuovamente, ma non riusciva a prendere sonno.

Aveva ferito l'animo gentile di Leslie.

Anche se chiudeva gli occhi continuava a vedere il viso sconvolto del fratello. Era la prima volta che lui le rivolgeva un'espressione simile.

Come faccio se Leslie inizierà a odiarmi?

Isabella trattenne le lacrime che stavano per sgorgare. Avvolta tra le lenzuola, sola nel suo dolore, Isabella continuava a chiedersi perché avesse reagito così, attaccando Leslie a poche ore dalla sua partenza.

Fu allora che nella sua mente iniziò a risuonare lentamente la canzone di Leslie.

«...»

Isabella provò ad assaporarne le note, e un tepore rassicurante le pervase il petto. Continuò a cantare a voce bassa, solo per sé stessa.

Questa canzone è come una ninnananna.

Bastava il suono di quella melodia gentile affinché il suo cuore si riempisse di serenità, e tutta l'ansia e la tristezza di pochi istanti prima sparissero nel nulla.

Domani sera Leslie lascerà l'istituto.

Domani è l'ultimo giorno che potremo trascorrere insieme.

Devo andare a scusarmi e farmi perdonare...

E mentre Isabella si arrovellava sul da farsi, scivolò senza neanche accorgersene in un sonno profondo.

IV

Erano le sei in punto e, come ogni mattina, i rintocchi della campana buttavano giù dal letto ogni bambino dell'istituto.

«Buongiorno!»

«Isabella, non riesco ad allacciarmi le scarpe!»

«Isabella, mi fai i codini?»

I fratelli più piccoli, affezionati quasi morbosamente a Isabella, la circondarono in un lampo, ognuno con le proprie richieste: c'era chi le mostrava le scarpe slacciate, chi le porgeva spazzola e nastri...

«Buongiorno a voi! Ho capito, ho capito... Arrivo subito.»

Isabella, i capelli già acconciati in un'impeccabile treccia e la divisa pulita addosso, era sveglia da ben prima del rintocco della campana. Con fare abile ed esperto, annodò al volo le scarpe del fratello e sistemò l'acconciatura della sorella. Le piaceva prendersi cura dei fratellini, ma quel giorno desiderava correre da Leslie il prima possibile.

Precipitatasi in corridoio, Isabella iniziò a cercare in maniera febbrile l'amico in mezzo al gruppo di bambini diretti al refettorio. Non trovandolo al secondo piano, la ragazzina si fiondò a velocità record giù per la scala. Come di consueto, a ogni passo veniva chiamata dai fratelli ed era costretta a fermarsi di continuo durante il tragitto.

Quando lanciò uno sguardo in direzione della mensa, finalmente intravide la sagoma di Leslie dirigersi al tavolo camminando lungo il muro. Isabella inspirò profondamente e gli si avvicinò di corsa.

«Leslie!» chiamò a gran voce, cercando per quanto possibile di mantenere il tono naturale e spontaneo di sempre. «Scusa, mi dispiace se ieri mi sono arrabbiata.»

La ragazzina chiese perdono in maniera onesta, senza cercare di giustificarsi o annoverare pedanti spiegazioni. Leslie, gli occhi fissi sul quaderno stretto in mano, alzò improvvisamente lo sguardo in direzione della sorella.

Quest'ultima si sarebbe aspettata una risposta tipo "No, scusa tu!", invece lui si limitò a un lapidario "Okay". Poi, senza staccare gli occhi dal suo quaderno, il ragazzino aveva proseguito a passo svelto, superando Isabella.

«Ah…»

Lei avrebbe voluto chiamare ancora una volta il fratello, ma la voce le morì in gola. Rimasta impalata in corridoio, pur volendo seguirlo, non riuscì a muovere un passo.

Lo sapevo, è rimasto ferito. È talmente arrabbiato da non volere neanche parlarmi.

Non aveva nemmeno voluto ascoltare le sue parole… Isabella fissava il pavimento. Era convinta che, con delle scuse sincere, tutto sarebbe andato a posto, e non riuscì a nascondere lo shock per la reazione di Leslie.

«…»

Non aveva mai visto l'amico arrabbiarsi in vita sua. Che fosse vittima di uno scherzo, di un dispetto o di una parola pungente, Leslie reagiva sempre con una risata nervosa. Quando gli si porgevano delle scuse, ricambiava scusandosi a sua volta, tanto che diventava impossibile capire chi fosse colpevole di cosa. Isabella sentì di aver dato per scontata quella gentilezza. Per quello la sera prima le erano uscite di bocca parole oltremodo dure.

Solo quando gli altri fratelli la chiamarono, la ragazzina tornò in sé.

«Ehi, Isabella! Dacci una mano! Non startene lì impalata.»

«Ah… S… sì.»

Farfugliando una risposta, si diresse verso il refettorio dove, con il sorriso di sempre, iniziò a distribuire sul tavolo le stoviglie per la colazione.

«Buon appetito!»

Terminati i convenevoli mattutini, i bambini iniziarono a mangiare. Isabella sorseggiava la zuppa mentre sbirciava con la coda dell'occhio il profilo di Leslie, seduto a un tavolo piuttosto distante dal suo. L'espressione del fratello, solitamente docile e gentile, era oscurata da un'ombra di inaspettata rigidità. Il ragazzino non incrociò lo sguardo di Isabella neanche una volta, né in classe, né durante le pulizie, e nemmeno a pranzo. Più trascorrevano le ore, più il volto di Leslie sembrava incupirsi. Quando finalmente arrivò il momento del tempo libero, il fratello sembrava essere scomparso.

«Ehi, Isabella. Hai visto per caso Leslie?»

«Dove si è cacciato?»

«Oggi è il suo ultimo giorno all'istituto. Voglio giocare con lui!»

Isabella sorrise ai fratelli più piccoli che, ansiosi, le strattonavano ripetutamente la manica della divisa.

«Chissà che fine ha fatto… Vado a cercarlo!» rispose lei, perlustrando con lo sguardo il giardino, dall'ingresso.

Da un lato i fratelli più piccoli giocavano insieme alla mamma, più in là un altro esiguo gruppetto di bambini si sfidava a correre… Ma di Leslie neanche l'ombra. Isabella girò sui tacchi e tornò dentro.

Che si stia esercitando un'ultima volta al violino? O forse si è rintanato in biblioteca a leggere…

Complice anche il bel tempo, al suono della campana che sanciva l'inizio del tempo libero tutti si erano fiondati fuori, all'aria aperta, e in quel momento nei corridoi dell'istituto regnava un silenzio spettrale. Isabella tese l'orecchio nella speranza di udire la melodia di un violino in lontananza, ma non ebbe fortuna. Quindi si diresse di corsa al piano di sopra.

Non rimane molto tempo…

Perquisì da cima a fondo la biblioteca e la camera da letto, ma Leslie sembrava essersi volatilizzato nel nulla. Sulla sua scrivania si intravedeva ancora la pila di libri che Isabella aveva portato lì la sera prima.

E se per caso…

La ragazzina aveva dato una rapida occhiata nell'aula di musica, ma all'interno non c'era nessuno. Per sicurezza aveva controllato anche il violino di Leslie: sembrava riposto con cura nella sua custodia.

«…»

Isabella rimase per un po' immobile al secondo piano.

Un'inspiegabile sensazione si impossessò di lei. Era come se Leslie fosse scomparso un giorno in anticipo, forzandola ad assaggiare prima del previsto la vita futura all'istituto senza di lui.

Da domani questa sarà la realtà…

Un senso di vuoto la travolse, gelandola dalla testa ai piedi con la stessa intensità di un vento freddo.

Anche se quel giorno avrebbe dovuto gioire per Leslie, Isabella non poteva fare a meno di provare dentro di sé una logorante tristezza.

Quel giorno, quando era venuta a conoscenza della "Lista degli obiettivi" del fratello, mentre quest'ultimo faceva i bagagli, si era offerta di aiutarlo non tanto per lui, ma perché desiderava ardentemente passare più tempo possibile in sua compagnia e costruire un ultimo ricordo insieme prima di dovergli dire addio. Tuttavia quelle intenzioni le si stavano ritorcendo contro. Se non lo avesse spinto a sfidare i propri limiti, Leslie non avrebbe perso completamente la fiducia in sé stesso e lei non avrebbe avuto ragione di aggredirlo in quel modo.

Ciononostante, Isabella non riusciva a convincersi del fatto che fosse meglio lasciare il fratello a rimuginare da solo senza neanche provare a incoraggiarlo.

Leslie non è affatto un buono a nulla!

Di quello Isabella era assolutamente certa.

Lui le aveva fatto molti regali in tutti quegli anni: la serenità del tempo trascorso insieme, la dolcezza di una canzone... Per quello la ragazzina avrebbe voluto sdebitarsi, ma una volta che lui se ne fosse andato da Grace Field, lei non avrebbe più potuto fare nulla per Leslie.

«Non posso permettere che finisca così...»

Aveva ancora un po' di tempo e per nulla al mondo avrebbe lasciato che Leslie se ne andasse senza prima essersi rappacificati.

«Devo andare a scusarmi come si deve.»

Isabella sollevò il capo e, dopo aver inspirato a pieni polmoni, si lanciò giù per la rampa di scale scendendo i gradini due alla volta. Quindi spalancò la porta d'ingresso e corse fuori.

«Isabella?!»

«Dove stai andando?»

I bambini avevano interrotto i loro giochi per un istante, vedendo la sorella fiondarsi in giardino, ma Isabella si lasciò alle spalle anche le loro voci.

Il suo obiettivo era uno solo, il bosco.

In lontananza intravide la collina dove Leslie si ritirava a cantare, ma all'ombra del solito albero nessuna traccia del fratello.

«Anf... Anf...»

La ragazzina si fermò un istante a riprendere fiato, mentre perlustrava con lo sguardo i dintorni. A parte la farfalla variopinta che svolazzava di fiore in fiore, intorno a Isabella non c'era anima viva.

A questo punto rimane soltanto...

Il suo sguardo si spinse oltre la vegetazione verdeggiante. Fu allora che le venne in mente l'obiettivo numero 8 della lista.

"Scoprire cosa c'è al di là del bosco."

«...»

Isabella, recuperato il fiato, iniziò a riflettere. Forse il giorno prima Leslie non si era arresso e aveva deciso di andare oltre il recinto da solo.

Nel momento in cui quel ragionamento prese forma, Isabella ricominciò a correre, diretta verso il folto del bosco. Calpestando l'erba con passo fermo, si ritrovò presto circondata dagli arbusti e dall'aria frizzante del sottobosco. Nel giro di un istante le narici della ragazzina furono pervase dal familiare odore della natura. Senza esitazione, Isabella si diresse verso l'albero e la roccia che fungevano da punto di riferimento.

Conosceva quel bosco come le sue tasche, eppure anche per lei individuare Leslie in uno spazio tanto ampio non era una cosa da poco.

Sembra una partita a nascondino...

A quel pensiero, dalle labbra di Isabella sfuggì una risatina.

Ma io ti troverò, stanne certo.

La ragazzina riprese il sentiero che aveva percorso il giorno precedente insieme al fratello. Se davvero l'obiettivo di Leslie era spingersi al limitare del bosco, di sicuro avrebbe preso quella strada.

Isabella procedette spedita, destreggiandosi con agilità tra arbusti e radici sporgenti, finché non trovò le impronte lasciate da loro il giorno prima. Sopra i segni dei loro passi, c'erano delle orme nuove, ma di una persona sola.

«Ma queste... Che siano di Leslie?»

Isabella si guardò attorno e udì un lieve rumore in lontananza, seguito da un verso.

«Ugh...»

La ragazzina si diresse a tutta velocità verso la voce, realizzando che le impronte di piedi impresse nel terriccio umido del bosco conducevano esattamente nella stessa direzione. Attraversato il fitto della vegetazione, Isabella intravide un ramo di enormi dimensioni.

Era l'albero su cui lei stessa si era arrampicata il giorno prima, e Leslie era lì, aggrappato al ramo più basso.

«Leslie?»

«Ah, Isabella! Perché sei q...»

Il ragazzino, colto di sorpresa, allentò la stretta e finì rovinosamente a terra.

«Waaah!»

Leslie, che nella caduta aveva preso una bella botta al posteriore, rivolse alla sorella uno sguardo inebetito.

«Isabella... Come facevi a sapere che ero qui?»

Lei gli tese una mano e lo aiutò ad alzarsi.

«Mi sono ricordata il punto 8 della lista, e ho pensato che avessi deciso di avventurarti al di là del bosco.»

«Ah, chiaro... Però sono ancora alle prese con il punto 5.»

Leslie di colpo lasciò la mano della ragazzina e, amareggiato, abbassò lo sguardo verso terra. Le labbra di Isabella stavano già per aprirsi esitanti, quando...

«Ascolta, Leslie. Io...»

«Isabella, scusami per ieri!»

La voce ferma di Leslie sovrastò quella titubante della sorella, mentre il ragazzino piegava il capo in avanti con decisione.

«Eh?»

Isabella strabuzzò gli occhi sorpresa. Aveva attraversato il bosco in cerca del fratello per chiedergli scusa, invece era stato lui a farlo.

Leslie, i capelli che si muovevano sul suo capo ancora chino, parlò senza prendere fiato.

«Ieri, quando mi hai detto quelle cose... ho realizzato che stavo pensando egoisticamente solo a me stesso. Preso com'ero dai miei problemi, le mie ansie, la mancanza di fiducia nelle mie capacità... ho completamente ignorato il tuo stato d'animo.»

Lui concluse il discorso rinnovando le proprie scuse alla sorella.

«È impossibile che in un giorno solo io riesca a realizzare tutti i propositi della lista. Ma ho pensato di completare almeno gli obiettivi in cui tu mi hai dato una mano... Una volta fatto, sarei venuto da te per dirtelo e per scusarmi.»

A quel punto il ragazzino scrollò le spalle con fare sconsolato.

«Comunque sia, come puoi vedere, non ci sto riuscendo. Ieri, alla fine, ho provato a leggere un altro po', ma poi mi sono addormentato. Stamattina mi sono svegliato all'alba per ripassare e prepararmi al test con le tue spiegazioni, ma comunque non sono riuscito a prendere il massimo del punteggio. Però ho preso il voto più alto di sempre! Ho battuto il mio record personale!» esclamò lui, il volto che si accendeva in un sorriso. «Poi durante il tempo libero sono venuto qui per esercitarmi ad arrampicarmi, però...»

L'espressione allegra di Leslie si fece amara, quando il ragazzino abbassò lo sguardo sulle proprie mani sporche di fango e scorticate. Isabella gli restituì uno sguardo premuroso.

Dopodiché, concentrò tutta la sua attenzione sulle mani dell'amico.

Doveva essere caduto da quel ramo già parecchie volte, visto che non solo le mani, ma anche la divisa bianca era sudicia e strappata qua e là. Persino il naso coperto di letiggini era marrone di terriccio, come se fosse stato strofinato. Il ragazzino si asciugò con una mano la frangia, incollata alla fronte per il sudore.

«Sono riuscito ad arrampicarmi fin lì, ma per arrivare al ramo dove sei salita tu ne avrò ancora per un bel po'» spiegò Leslie, puntando con il dito il ramo in alto sopra le loro teste. Quello era il punto che aveva deciso di raggiungere. Afferrato nuovamente il tronco, il ragazzino puntellò un piede e provò a sollevare il proprio corpo sul ramo, dimenando le ginocchia in maniera goffa e impacciata.

«Ugh...»

Il corpo di Leslie ciondolava nell'aria, mentre lui, il viso paonazzo, se ne stava attaccato al ramo. La forza delle sue mani, però, non era sufficiente, così cadde rovinosamente a terra. Senza demordere, Leslie si rimise in piedi e si aggrappò di nuovo all'albero.

«Se metti il piede lì, non riuscirai a salire. Prova con questo ramo» consigliò all'improvviso Isabella, gironzolando nei pressi della pianta.

«Eh? Ah, questo? Okay!»

Leslie mosse il piede seguendo le indicazioni della sorella, che lo guidava dal basso. Mentre si avvinghiava al ramo, aveva lanciato un'occhiata di sfuggita all'espressione di Isabella. Pensava di averla delusa e di non poter più contare sul suo aiuto per raggiungere gli obiettivi della lista, invece si era spinta fin lì per cercarlo e per fornirgli il suo supporto.

Isabella sfiorò con la mano il tronco dell'albero.

«Arrampicarsi su un albero non è solo una questione di peso corporeo e forza muscolare. Secondo me, la cosa che conta di più è studiare in anticipo il percorso migliore per raggiungere la meta. Individuare i passaggi giusti è la chiave per arrivare in cima.»

Leslie ascoltò meravigliato l'intrigante discorso di Isabella. Ammise nel silenzio della sua testa di non aver mai considerato la questione da quel punto di vista. Fino a quel momento si era concentrato unicamente sulle capacità atletiche e sulla forza fisica delle braccia, entrambe doti che non possedeva... Ma se analizzava la cosa nei termini esposti dalla sorella, raggiungere il traguardo sembrava molto meno difficile. Così il tutto appariva molto più simile alla risoluzione di un puzzle o una partita a scacchi. Perso nei meandri del suo ragionamento, Leslie ridacchiò sotto i baffi.

«Isabella, sei unica.»

«In che senso?»

«No, niente.»

Leslie si calmò, quindi rivolse il capo verso l'alto e iniziò a scrutare attentamente la struttura dell'albero. L'intrico dei rami e la loro pendenza, i nodi, le protuberanze nella corteccia... Quindi spostò lo sguardo verso la sua meta. Per raggiungere il traguardo aveva bisogno di individuare un appoggio per i piedi. Se avesse allungato troppo la mano per afferrare il ramo, non avrebbe potuto proseguire.

«Allora...»

Leslie tirò un respiro profondo, quindi poggiò con prudenza un piede sul ramo e l'altro all'interno di una rientranza lì vicino, per poi proseguire la scalata.

«Bene! E fin qui ci siamo.»

Leslie si alzò in piedi sul ramo. Non era mai riuscito a salire così in alto. Da lì poteva sfiorare con le dita il ramo che rappresentava per lui il traguardo. Mentre poggiava una mano sul tronco, senza rifletterci il ragazzino guardò in basso, in direzione di Isabella.

«Leslie! Non devi guardare giù!»

«Uh... Waaah... È altissimo!»

A quell'altezza mai sperimentata in precedenza, le ginocchia di Leslie presero a tremare. All'improvviso le mani gli si coprirono di sudore, e il cuore iniziò a battergli all'impazzata. Neanche a farlo apposta, proprio in quell'istante una folata di vento soffiò facendolo ondeggiare.

«Iiih...»

Dal basso Isabella urlò in direzione dell'amico, pallido in viso.

«Forza, Leslie!»

In risposta a quelle parole di incoraggiamento, Leslie scosse la testa, tremante, poi con il corpo appiccicato al tronco si accovacciò fino a sedersi e chiuse gli occhi.

«N... non ce la faccio. Adesso scendo.»

«Non arrenderti!»

Dalla palpebre aperte in maniera quasi impercettibile, Leslie incrociò lo sguardo fermo e deciso di Isabella.

«Sei arrivato fin lì! Ce la puoi fare, forza!»

Il ragazzino osservava il volto dell'amica abbagliato.

In quell'istante realizzò che era arrivata la fine. Non avrebbe più potuto trascorrere le sue giornate a giocare nel bosco in sua compagnia. La luce del pomeriggio illuminava il volto della ragazzina attraverso il verde delle foglie, prima di riflettersi nei suoi occhi nerissimi.

«Va bene...»

Leslie trasmise alle mani tutta la forza che possedeva, e scacciò dalla mente il ricordo del senso di vuoto sotto i propri piedi. Obbligando le gambe tremolanti a eseguire gli ordini del cervello, si alzò lentamente, in cerca di un ramo a cui appendersi per proseguire.

«Ci sei quasi!»

Se fosse stato da solo, Leslie avrebbe senz'altro rinunciato da un pezzo. Fatto appello a tutto il suo coraggio, si staccò dal tronco e afferrò con decisione il ramo sopra la propria testa. I piedi seguirono a ruota.

Fu così che Leslie raggiunse il punto a cui mai avrebbe pensato di poter arrivare. Con i piedi ben saldi sul ramo, il ragazzino si alzò e guardò ancora una volta giù, ormai senza alcuna paura.

«Ce l'ho fatta. Isabella, guarda! Ci sono riuscito!»

«È vero! Bravissimo, Leslie!»

Isabella, in preda all'eccitazione, saltava per la gioia con lo sguardo fisso in alto, in direzione del fratello.

«Ah, Isabella! Fai attenzione!»

Leslie, osservando la scena dall'alto, si accorse della presenza di un ramo spezzato ai piedi dell'amica. In condizioni normali, sarebbe stato un ostacolo da nulla, ma Isabella teneva lo sguardo fisso in alto, per cui vi inciampò. Leslie, dalla sua posizione, non poté far altro che urlare il nome della sorella.

«Isabella!»

La caviglia della ragazzina si piegò in un angolo innaturale, e lei cadde pesantemente all'indietro.

V

Leslie attraversava un passo alla volta il bosco, illuminato dal sole al tramonto.

«Ce la fai? Sei sicuro che non sono troppo pesante?»

«T… tranquilla. Ce la faccio…»

Il ragazzino si dirigeva verso Grace Field, con Isabella sulla schiena.

Di colpo i toni freddi del crepuscolo inghiottirono il bosco alle loro spalle, mettendo in risalto le nuvole all'orizzonte e il cielo tinto di mille sfumature.

In lontananza si udì il suono della campana che richiamava i bambini all'istituto.

Poco prima Isabella aveva perso l'equilibrio e in un attimo si era accasciata all'indietro. In quel momento, un grido disperato si era levato al cielo, ma non era uscito dalla bocca della ragazzina, bensì da quella di Leslie. Lei, invece, si era rialzata in un battibaleno.

«Non mi sono fatta niente!» si era affrettata a dire per tranquillizzare il fratello, rivolgendogli un sorriso. Tuttavia, non appena aveva posato il piede destro a terra, l'espressione pacata sul volto di Isabella aveva lasciato il posto a una smorfia di dolore.

«Isabella, va tutto bene?!»

Leslie aveva fatto per scendere dal ramo, ma l'operazione aveva richiesto tempo e, quando era arrivato a terra, la caviglia di Isabella era diventata caldissima e aveva iniziato a gonfiarsi a vista d'occhio.

«Non fa così male...» aveva cercato di minimizzare Isabella, mentre il volto di Leslie, in piedi accanto a lei, si contorceva come se fosse stato lui a essersi ferito.

«Non devi sforzarti!» aveva esclamato lui, accovacciandosi davanti all'amica, dandole le spalle. Lei aveva inclinato la testa di lato, perplessa, osservando la scena.

«Leslie, ma che stai facendo?»

«Eh?»

Mantenendo la posizione, il ragazzino si era voltato verso Isabella: l'espressione interrogativa sul volto della sorella gli aveva fatto aprire e chiudere la bocca un paio di volte per il disagio.

«Ecco... Ho pensato che non potessi camminare, quindi...» aveva tentato di spiegare lui.

Tuttavia l'espressione di Isabella sembrava suggerire che la cosa non fosse necessaria. Di colpo Leslie si era sentito un completo idiota, lì accovacciato, ed era arrossito come un pomodoro.

«A... allora... come non detto!»

Ma quando il ragazzino aveva fatto per rialzarsi, Isabella gli aveva posato una mano sulla spalla.

«Grazie, accetto volentieri.»

E così Isabella aveva affidato il proprio peso alla schiena di Leslie che, dopo essersi accertato di tenerla salda a sé, aveva fatto per alzarsi. In quell'istante, si era subito sbilanciato in avanti.

«Wah! Leslie, forse è meglio che scenda!»

«N... no, ci sono! Rimani lì» aveva risposto lui, ripreso l'equilibrio, mentre si incamminava lentamente nel bosco, facendo attenzione a ogni passo.

Sotto il cielo all'imbrunire, i bambini erano riuniti davanti alla porta d'ingresso.

«Eccoli, sono tornati!»

Al grido dei bambini, la mamma sollevò di scatto lo sguardo dall'orologio da taschino, in direzione dei dispersi.

«Isabella! Che cos'è successo?»

«Mi sono presa una storta mentre giocavamo nel bosco...»

Isabella scese lentamente dalla schiena di Leslie. Teneva il piede destro sollevato, stando in equilibrio su una gamba sola. A quella vista, tutt'intorno si sollevarono gridolini preoccupati e, subito dopo, gli sguardi puntarono a Leslie, in piedi lì vicino.

«Hai portato Isabella sulla schiena per tutto il tragitto?»

«Wow! Sei fortissimo!»

Quello scroscio di elogi e di complimenti lasciò il ragazzino disorientato.

«Io... non ho fatto niente di speciale.»

Attraverso la schiera di bambini si fece largo la mamma per controllare l'entità della ferita di Isabella.

«Isabella, fammi vedere» disse la donna, inginocchiandosi davanti alla ragazzina per esaminare la caviglia.

Era parecchio gonfia, ma non sembrava rotta.

«Ti sei presa una bella storta... Andiamo in infermeria.»

A quel punto, la mamma si alzò e, rivolta verso Leslie che fissava Isabella con aria preoccupata, distese una mano verso di lui.

«Ottimo lavoro, Leslie.»

Quando la donna gli accarezzò gentilmente la testa, al ragazzino scappò un piccolo urlo di gioia. Era la prima volta che veniva lodato in quel modo. Gli occhi spalancati dalla sorpresa, Leslie si cinse il viso con entrambe le mani.

«Bel lavoro!»

«Sei stato molto bravo!»

I fratelli e le sorelle più piccoli, uno dopo l'altro, si avvicinarono a lui e, imitando il gesto della mamma, gli accarezzarono la testa coprendolo di elogi.

Dal canto suo Leslie, i capelli ormai completamente arruffati, ridacchiava e ringraziava tutti quanti, felice come non mai.

«Bene, Isabella. Andiamo.»

La ragazzina, che con il sostegno della mamma aveva ripreso a muoversi, si voltò in direzione del fratello, ancora inginocchiato, e gli sussurrò in tono quasi impercettibile: «Leslie, perdonami. Mi dispiace non essere riuscita ad aiutarti a realizzare tutti i tuoi obiettivi».

Leslie scosse il capo con decisione.

«Va bene così.»

In un colpo solo aveva realizzato i punti 6 e 7 della lista: "Stupire i bambini più piccoli con qualche trovata" e "Ricevere i complimenti della mamma per qualcosa che non abbia a che fare con la musica".

Isabella si incamminò insieme alla mamma in direzione dell'infermeria. Gli occhi incollati sulla schiena dell'amica, Leslie mormorò tra sé e sé: «Va più che bene... È anche troppo».

Leslie ripensò al punto 10 della lista, quello che aveva annerito con la matita. In effetti, non aveva mai creduto di poterlo raggiungere.

Mentre osservava le proprie braccia esili, pesanti per lo sforzo della giornata, il ragazzino ripensò al tepore del corpo di Isabella contro la sua schiena. Massaggiandosi delicatamente gli arti superiori, Leslie sollevò il capo in silenzio.

Tra una chiacchiera e una risata, i bambini si erano avviati tutti verso l'istituto. La luce dell'ingresso che dal portone si riversava fuori in giardino, il bosco all'imbrunire, il vociare confuso e disordinato che tanto amava... Leslie, in coda al gruppo, osservava la scena da dietro.

La sua mente fu inondata di ricordi e di sensazioni, ogni singolo frammento di quanto era accaduto dal giorno in cui aveva appreso della propria imminente partenza.

Leslie ripensò a quel pomeriggio nella sua stanza. Se non gli fosse scivolata di mano l'agenda con la lista degli obiettivi, quella sfida con sé stesso non sarebbe mai iniziata.

Isabella gli aveva dato una mano a esercitarsi con il violino. Che si fosse trattato di un applauso, una risata o un consiglio, per la prima volta nell'aula di musica era risuonato qualcosa di diverso dalle note del suo violino.

Dopo lo aveva aiutato anche nello studio, nonostante le sue spiegazioni gli fossero sembrate incomprensibili fino alla fine.

Poi avevano corso a perdifiato nel bosco e si era escoriato i palmi delle mani, cercando di arrampicarsi su un albero. Le ferite gli facevano ancora un po' male.

Avevano fatto le ore piccole leggendo libri di ogni genere, e avevano anche litigato per la prima volta.

In seguito, Leslie si era messo in testa di portare a termine tutti gli obiettivi della lista da solo per poi scusarsi con Isabella ma, nonostante non avesse avuto successo nell'impresa, i due si erano comunque rappacificati.

A quel punto, era riuscito ad arrampicarsi su un albero e, da lassù, aveva osservato un paesaggio che pensava avrebbe ricordato per sempre.

Infine, quello stesso giorno, era anche riuscito a portare sulle spalle la ragazza che amava.

«...»

Leslie si portò una mano al petto, quindi si incamminò verso l'ingresso per raggiungere gli altri.

Avrebbe custodito con cura ogni singolo ricordo di quegli ultimi giorni, per sempre.

VI

Nonostante il dolore e la benda che le immobilizzava la caviglia, Isabella, di buon umore come sempre, si unì agli altri per la cena. Alcuni bambini si erano offerti di sistemare la mensa al posto suo, ma lei, finito di mangiare, ringraziò e svolse regolarmente il proprio compito.

«Leslie, è tutto pronto?»

«Sì.»

Il momento della partenza si stava avvicinando inesorabilmente.

Avendo iniziato i preparativi con largo anticipo, non gli era rimasto molto da fare. Infilò in valigia le ultime cose e si mise a guardare con aria soddisfatta i regali di addio ricevuti dai fratelli e dalle sorelle. Accanto alla valigia, appoggiata in verticale contro la parete, c'era la custodia con il violino.

Leslie aveva implorato la mamma di permettergli di portare con sé lo strumento a cui era tanto affezionato. Dapprima turbata dalla richiesta, la donna gli aveva infine accordato il permesso, rivolgendogli un sorriso amaro. Il bagaglio del ragazzino traboccava di ricordi. In cima ai vestiti, alle lettere e ai regali spiccava l'agenda con la lista di obiettivi. Serrato con un gesto deciso il coperchio della valigia, Leslie fece scattare le chiusure, quindi afferrò la maniglia. Quando la sollevò, avvertì una sensazione di peso che poco aveva a che fare con l'effettivo contenuto.

«Ti stanno bene i vestiti nuovi.»

Alle parole di Isabella, Leslie passò istintivamente una mano sugli abiti che indossava.

«Tu credi?»

Il ragazzino non aveva più la divisa bianca, ma una giacca e un completo coordinati. Dal collo gli scendeva una cravatta sottile. Temendo che il nodo fosse storto, Leslie si era guardato allo specchio più volte, sorridendo involontariamente. Era la prima volta che indossava una cravatta, e la sua immagine riflessa gli sembrò più adulta che mai.

Ormai era pronto ad andare.

La valigia in una mano, la custodia del violino nell'altra, si avviò giù per la rampa di scale. La mamma, in attesa ai piedi della scalinata, prese i bagagli.

«Leslie, mi raccomando!»

«Scrivici una lettera ogni tanto, okay?»

I bambini, ammassati nell'ingresso dell'istituto, circondarono Leslie rivolgendogli parole di commiato, e lui li salutò uno a uno.

Isabella osservava la scena lì vicino.

«Isabella!»

Leslie, in piedi davanti all'ingresso e la custodia del violino in una mano, alla fine si voltò proprio verso la ragazzina.

«Isabella, ti prometto che non abbandonerò la musica.»

Leslie non era più il bambino insicuro che abbassava lo sguardo, sentendosi perennemente in difetto. Nei suoi occhi si era insinuato in punta di piedi un barlume di volontà e speranza.

«Continuerò a studiare tanto e a comporre musica.»

Isabella annuì sorridendo.

«Appena scriverò una nuova canzone, ti manderò una lettera con lo spartito.»

«Perfetto. Allora dovrò imparare come leggere le note!»

Alla risata dell'amica, sul volto di Leslie si fece largo l'espressione timida di sempre.

«Poi, quando sarò diventato grande... ci incontreremo di nuovo. È una promessa.»

Le guance rosse per l'imbarazzo, il ragazzino guardò Isabella lasciandosi scappare una risata nervosa.

Alla promessa di Leslie, Isabella annuì contenta e un sorriso raggiante le illuminò il viso.

«Va bene. E non dimenticarti che, la prossima volta che ci vediamo, toccherà a me salvarti!»

«Eh?» chiese lui, con lo sguardo confuso.

Fino a quel momento era sempre stata lei ad aiutarlo, ma evidentemente per la sorella tendere la mano verso qualcuno in difficoltà era la normalità, non qualcosa di speciale di cui prendere nota. Per lei era un comportamento ovvio. Il ragazzino, divertito, si lasciò andare a uno scroscio di risate.

«Tu sei speciale» concluse, rivolgendosi a Isabella, perplessa dalla reazione dell'amico.

Leslie non aveva dimenticato quello che la sorella gli aveva detto la notte in cui avevano discusso. Era convinto che una ragazza intelligente, capace, solare e forte come lei non avesse nulla di cui soffrire. Ma le sue parole taglienti di allora gli avevano fatto capire che nel profondo del cuore anche lei celava insicurezze e ferite. Leslie proseguì in tono deciso.

«Una ragazza speciale troverà genitori speciali. Sono sicuro che da qualche parte esiste una famiglia perfetta per te.»

Leslie alzò il viso in direzione della mamma, in piedi accanto a lui, in cerca di approvazione.

«Giusto. È proprio così» fece eco la donna, annuendo profondamente a quelle parole.

Isabella ripeté quella frase dentro di sé.

Troverò genitori speciali...

Un senso di leggerezza la pervase dalla testa ai piedi, scaldandole il cuore.

«Grazie, Leslie.»

Alle sue spalle, la mamma esortò Leslie alla partenza.

«Allora, ragazzi… Abbiate cura di voi!

Il ragazzino stava attraversando con lo sguardo l'ingresso dell'istituto con tutti i fratelli riunitisi per salutarlo, quando inaspettatamente Isabella gli strinse la mano.

«Leslie… Non dimenticherò la tua canzone!»

All'inizio lui spalancò gli occhi per la sorpresa, poi tornò a mostrare la sua solita espressione, quel sorriso gentile e riservato che lo contraddistingueva.

«Grazie. E a presto!»

Si stringevano forte le mani a vicenda, e all'unisono lasciarono la presa. Con la promessa di rivedersi in futuro, Leslie sventolò in aria la mano in un cenno di saluto ai fratelli di Grace Field… e alla persona che amava.

VII

Il portone di ingresso si chiuse.

Leslie, abbandonando un braccio lungo il fianco, rimase a osservare la porta. Al pensiero che non avrebbe mai più varcato quella soglia in vita sua, una sensazione di struggente malinconia gli trafisse lo stomaco.

«Andiamo, Leslie» esortò la mamma, che camminava davanti a lui con la valigia in mano. Il ragazzino la seguì.

La luce che filtrava attraverso i vetri dell'istituto illuminava il percorso davanti a loro, ma man mano che si allontanavano si affievolì sempre più, fino a scomparire del tutto. Eppure la notte non sembrava buia come Leslie aveva immaginato.

Rendendosi conto che il cielo era luminoso, il ragazzino rivolse il viso in su.

«Wow...»

Una miriade di astri riempiva la volta celeste.

Il cielo blu oltremare era cosparso di un'infinità di luci bianche, e alcune stelle, una dopo l'altra, si lasciavano dietro strascichi luminosi nell'oscurità.

Erano stelle cadenti.

Leslie, ammutolito, si fermò incantato a guardare quello spettacolo. L'agglomerato di meteore si rifletteva negli occhi chiari del ragazzino.

«Leslie, che ti succede?» chiese la mamma perplessa, voltandosi verso di lui. Seguendo la traiettoria dello sguardo di Leslie, anche la donna alzò gli occhi al cielo.

«Ah... le stelle cadenti.»

«Mamma, dammi solo qualche minuto, per favore.»

Gli occhi rapiti da quella visione, Leslie poggiò a terra la custodia del violino ed estrasse lo strumento.

«Leslie, che stai facendo? Non c'è tempo adesso...»

La mamma, che era rimasta rapita a osservare lo spettacolo celeste solo per un attimo, rimproverò il ragazzino, ma lui ignorò quelle parole e, posizionato lo strumento sulla spalla, afferrò l'archetto. Era la prima volta che disobbediva alla mamma.

Fece un respiro per calmarsi, poi iniziò a far scivolare l'archetto sulle corde.

Le note del secondo notturno su cui si stava esercitando risuonarono sotto il cielo stellato.

Riesci a sentirmi?

Concentrato come non mai, Leslie eseguì i sedicesimi senza sbagliare neanche una nota.

VIII

Isabella rimase immobile nell'ingresso a fissare la porta chiusa che la divideva da Leslie. Era partito per sempre e non avrebbe più varcato quella soglia.

Se n'è andato...

Dal giorno seguente sarebbe iniziata la sua nuova vita all'istituto senza di lui.

«...»

Isabella continuò a fissare la porta.

Nel corso degli anni, la ragazzina aveva dovuto dire addio a tanti fratelli e sorelle. Ogni volta, un senso di tristezza si impossessava di lei, ma i sentimenti che provava in quel momento erano diversi da ogni dolore sperimentato in precedenza.

Isabella ripensò al viso di Leslie e alle sue ultime parole prima di venire risucchiato dal buio della notte.

"A presto!"

Si sfiorò con le dita di una mano i polpastrelli dell'altra, quella che il fratello le aveva stretto, per accertarsi che quel calore fosse ancora parte di lei. Si impose di scacciar via la tristezza con una risata forzata.

Me lo ha promesso.

«Un giorno... ci incontreremo di nuovo.»

Io e lui ci rivedremo. È una promessa!

Isabella sorrise con rinnovata motivazione. Una volta fuori da Grace Field House, in aggiunta a tutte le cose che aveva in mente di sperimentare del mondo esterno, se n'era aggiunta un'altra: ritrovare Leslie.

Forse dovrei scrivere una lista di cose che vorrei fare una volta lasciato l'istituto...

«Isabella, la senti questa musica stupenda? Viene da fuori! Chissà cos'è...»

Uno dei fratellini più piccoli strattonò la gonna della ragazzina facendola tornare di colpo alla realtà.

«Cosa?»

Isabella tese immediatamente l'orecchio e udì una dolce melodia echeggiare nei dintorni.

Ma questa è...

Le note della melodia si sovrapposero a quelle nei suoi ricordi. Il suono giungeva alle sue orecchie filtrato dalle pareti dell'edificio, ma non c'erano dubbi.

Il secondo notturno...

Dalla finestra del piano terra non si vedeva nulla, quindi Isabella si catapultò di corsa al piano di sopra. Si era precipitata su per le scale come sempre, e lo scatto le aveva procurato un dolore lancinante alla caviglia infortunata. I fratelli che erano corsi davanti a lei si fermarono e si voltarono preoccupati.

«Isabella, va tutto bene?»

«Sì, tranquilli. Potreste aprire la finestra al primo piano?»

A quella richiesta da parte della loro adorata sorella, i fratelli risposero ben disposti. Nel frattempo Isabella si trascinava lentamente, gradino dopo gradino, su per la rampa di scale.

«Questa musica...»

«È stupenda!»

Richiamati dalla soave melodia che penetrava all'interno dell'istituto, i bambini iniziarono ad affacciarsi, uno dopo l'altro, alle finestre delle rispettive camere.

Giunta in fretta e furia al primo piano, anche Isabella si affacciò alla finestra e aguzzò la vista oltre la grata. Tuttavia, neanche da quell'altezza riuscì a scorgere la sagoma di Leslie. In compenso lo sguardo di Isabella fu rapito dal cielo notturno che sovrastava il paesaggio circostante. Isabella rimase senza fiato di fronte alla miriade di stelle che rigavano la notte al di là della collina.

«Guardate! Le stelle cadenti!»

«È la prima volta che ne vedo una!»

I bambini di Grace Field, ammassati davanti alla finestra, gridavano eccitati di fronte a quello spettacolo senza precedenti. Gli astri attraversavano l'orizzonte blu oltremare seminando nella volta celeste scie di luce splendenti, dando l'impressione di essere perfettamente sovrapposte alla melodia del violino in lontananza.

«Bravissimo, Leslie!»

L'esecuzione era perfetta, compresa la partitura su cui puntualmente vacillava. E con quello aveva portato a termine l'obiettivo numero 1, e persino il 9 che entrambi avevano dato per spacciato, praticamente irrealizzabile: "Imparare a suonare il secondo notturno" e "Far vedere una stella cadente".

Improvvisamente Isabella fu colta da una folgorazione.

Fino ad allora non ci aveva riflettuto, ma in quell'istante comprese perché l'obiettivo nella lista di Leslie non fosse "Vedere una stella cadente", bensì "*Far vedere* una stella cadente".

A chi voleva farla vedere? E se per caso…

Un pensiero fugace attraversò la mente della ragazzina, ma poi scosse la testa. Con una risatina, si ripromise di fargli tutte le domande del caso quando si sarebbero rivisti. Non aveva idea di quando sarebbe accaduto, ma sapeva per certo che quel giorno sarebbe arrivato, prima o poi.

Fuori dalla finestra le meteore continuavano ad attraversare il cielo senza interruzione.

Leslie se ne andò quella notte, accompagnato da una dolce melodia sotto una pioggia di stelle cadenti.

* * *

Un altro rombo delle fiamme, che stavano divorando Grace Field, squarciò la notte.

Isabella, come ipnotizzata, posò lo sguardo sul foglietto di carta che teneva in mano. Quel passato lontano si riaffacciò vivido nei suoi ricordi, fu come se tutto fosse accaduto il giorno prima. Eppure dagli occhi aridi di Isabella non sgorgava più una lacrima. Sul suo viso si fece largo un'espressione di amaro disincanto.

Quando era venuta a conoscenza della verità, era stata assalita da una disperazione sconvolgente che l'aveva travolta come la corrente limacciosa di un fiume, ma ormai quella tristezza si era prosciugata lasciando il posto nel suo cuore a una landa arida e desolata.

Ripensò alla spontaneità e alla spensieratezza di quei giorni in cui viveva all'oscuro dei fatti. Credeva ingenuamente alla promessa di felicità che li attendeva una volta approdati nel mondo esterno, e gioiva di cuore alla notizia della partenza dei fratelli e delle sorelle prescelti.

Quando era stato il turno di Leslie, Isabella lo aveva biasimato quando le aveva detto di voler rinunciare all'adozione, si era arrabbiata con lui e avevano litigato per la prima volta. Negli anni si era chiesta più volte come sarebbero potute andare le cose se lei lo avesse supportato in quella decisione, ma la consapevolezza acquisita assumendo il ruolo di allevatrice le suggeriva che per nulla al mondo la spedizione sarebbe stata annullata.

Il sistema funzionava così.

I sensi di colpa, i rimorsi di quegli anni... Era stato tutto vano.

«...»

Respirando a pieni polmoni l'aria pungente della notte, Isabella rivolse il viso al cielo e chiuse gli occhi. Ripensò alla ragazzina che quel giorno si era avventurata nel bosco innevato.

Completamente sola, abbandonata a sé stessa, senza fratelli né sorelle al proprio fianco, si era arrampicata in cima al muro che si ergeva impervio ai confini del bosco.

«Ah... È vero.»

Isabella aprì gli occhi all'improvviso e sorrise in maniera impercettibile, come se si fosse ricordata di qualcosa. Senza neanche farlo apposta, si rese conto di aver raggiunto al posto di Leslie l'obiettivo numero 8, "Scoprire cosa c'è al di là del bosco".

Là fuori, oltre quegli alberi, si nascondeva una macabra realtà impossibile da aggirare.

Per quanto tempo fosse passato, a Grace Field House non era mai arrivata una singola lettera, né da Leslie né da parte dei fratelli partiti prima di lui. I bambini rimasti, delusi e indispettiti, commentavano con parole taglienti come la vita entusiasmante fuori dall'istituto facesse dimenticare a quelli che partivano tutti gli anni trascorsi insieme. Tuttavia Isabella, almeno per quanto riguardava Leslie, sentiva di poter affermare con certezza che non era vero.

Aveva promesso che mi avrebbe inviato la sua nuova canzone...

Lei gli aveva scritto innumerevoli lettere, affidandole poi alla mamma, ma dal fratello neppure l'ombra di una risposta. Preoccupata da quel silenzio prolungato, era stata colta da un'angoscia pressante, convinta che là fuori fosse accaduto qualcosa di male a Leslie.

Ho bisogno di incontrarlo...

Più pregava di poterlo rivedere, più un senso di inquietudine indescrivibile a parole si impadroniva di lei. Qualcosa non tornava, era come se nella lettura complessiva della vicenda mancasse un pezzo fondamentale del puzzle, e il suo nervosismo aumentava.

Così quell'anno, in occasione della prima neve, Isabella aveva infranto le regole dell'istituto.

Voleva rincontrare Leslie, quello era il suo unico pensiero. Se le sue lettere non erano arrivate a destinazione, ci avrebbe pensato lei a consegnargliele. Incapace di resistere oltre, Isabella era passata all'azione senza informare nessuno.

Non conosceva l'indirizzo dell'amico e non c'era nessuno nel mondo esterno a cui avrebbe potuto chiedere aiuto ma, senza la minima esitazione, si era fatta strada di corsa nel fitto del bosco.

Dev'essergli successo qualcosa...

La sera in cui Leslie era partito, lei gli aveva fatto una promessa: quando si fossero rivisti, sarebbe stata lei a salvarlo.

Spintasi al limitare del bosco, era giunta al cospetto del possente muro che delimitava il confine interno. Con un pizzico di ingegno, oltrepassare quell'ostacolo non sarebbe stato troppo difficile per una come Isabella.

Quando si era fatto buio, era tornata nel bosco. Oltre quel muro c'era il mondo esterno. Non l'avrebbero fermata né le mani intorpidite dal freddo né il vento gelido che le sferzava il viso.

«Leslie, resisti... Sto arrivando!»

Una volta riuscita a ergersi sulla cima del muro che separava Grace Field dal mondo esterno, Isabella aveva sgranato gli occhi, ammutolita, davanti al panorama che si dispiegava sotto di lei: illuminato dalla luce della luna, un oscuro precipizio continuava a perdita d'occhio. Il dirupo si estendeva come un prolungamento della recinzione, tuffandosi in quell'abisso senza fine.

Ma... che significa?!

In preda al turbamento, Isabella, strofinandosi le mani ghiacciate, sondava con lo sguardo il vuoto sottostante. Le sue dita tremavano freneticamente, e non per il freddo. In quel preciso istante aveva capito: tutto, dal muro al dirupo, era stato progettato con un intento specifico.

Qualcuno vuole tenere separato il mondo in cui viviamo da ciò che c'è fuori. Che serva a prevenire infiltrazioni dall'esterno? No, non credo... E, se anche fosse, sarebbe davvero eccessivo!

«Isabella...»

Dal basso, una voce aveva squarciato il silenzio ovattato di quel paesaggio immobile, animato solo dalla danza irregolare dei candidi fiocchi di neve. Isabella si voltò indietro.

Ai piedi della recinzione c'era la mamma, lo sguardo fisso nella sua direzione.

«Mamma?»

Come sapeva che lei era lì? E cos'era quel dirupo?!

C'era un mucchio di cose che avrebbe voluto chiederle ma, prima che potesse farlo, la donna, con il sorriso pacato di sempre, le parlò.

«Da brava, vieni giù. Ti spiegherò tutto.»

Così Isabella aveva scoperto la verità su quel mondo.

Anche se il cuore si rifiutava di accettare quella storia, analizzando tutto a mente fredda, ogni cosa aveva cominciato finalmente ad avere senso. Il divieto di superare il muro, i test quotidiani, il numero stampato sul collo, il fatto che nessuno dei bambini andati in adozione avesse mai spedito una lettera all'istituto...

Ora capisco...

Isabella già da tempo aveva percepito che c'era qualcosa di strano, e in quel momento era giunta alla terribile verità. Il suo cuore ancora ingenuo, però, non era pronto ad accettarla.

Se tutto ciò è vero, allora... Leslie è...

La mamma l'aveva guardata sorridendo placida, quindi le aveva posato una mano sulla spalla.

«Io amo tutti voi dal profondo del mio cuore... Questo lo sai, no?»

Prima di proseguire, chiamò il suo nome con gentilezza.

«Isabella... Leslie era felice.»

Con quelle parole la donna aveva porto qualcosa alla ragazzina. Quando Isabella aveva visto di cosa si trattava, rimase immobilizzata.

«...»

Era l'agenda di Leslie.

Da quel giorno, Isabella non poté fare a meno di confrontare la vita quotidiana all'istituto con la verità che le era stata svelata.

Guardava con occhi svuotati e assenti i bambini esultare ingenuamente di fronte alla danza dei candidi fiocchi di neve nel cielo e, nel frattempo, rifletteva su come evadere da Grace Field House. Aveva tempo fino al compimento del suo dodicesimo compleanno, una scadenza talmente vicina da poter essere già segnata sul calendario.

Isabella nascondeva la proprie emozioni, fingendosi ignara di tutto, mentre trascorreva le sue giornate cercando di elaborare un piano di fuga che puntualmente scartava. Ogni volta che si ritrovava a pensare che la fuga fosse impossibile, stringeva i denti ripetendosi di non arrendersi.

Una notte, quando i fratelli si furono addormentati, tirò fuori dal cassetto, dove l'aveva nascosta, l'agenda di Leslie e ne accarezzò la fodera di nascosto.

«Leslie...»

Le dita che le tremavano tanto da non riuscire a sfogliare le pagine, Isabella si trovò a ripensare al giorno in cui, seduta al fianco dell'amico che preparava la valigia, aveva raccolto l'agenda. Il ricordo del sorriso imbarazzato del fratello fu straziante, ma la ragazzina riuscì a trattenere le lacrime che sembrava stessero per straripare.

Perché?

Perché Leslie era dovuto morire? Ripensando al sorriso pacato e noncurante che la mamma aveva quel giorno, nel cuore di Isabella divampò l'odio.

"Leslie era felice. Ha trascorso la sua vita all'istituto ignorando la realtà e coltivando, giorno dopo giorno, aspettative e speranze verso il mondo esterno."

Così aveva detto la donna, ma Isabella non poteva fare a meno di richiamare alla mente il volto di Leslie, la sera della partenza, quando, sorridendo, le aveva promesso che avrebbe continuato a studiare musica.

Si esercitava con tutto sé stesso... Se solo avesse avuto la possibilità di vivere, sicuramente avrebbe composto tantissime canzoni meravigliose.

È assurdo...

Controllare la vita degli altri a loro insaputa e pianificarne la morte... Come poteva dire di amarli tutti dal profondo del cuore? Era come se, per la rabbia, tutto davanti agli occhi di Isabella si fosse tinto di rosso.

Allevare bambini accettando di darli in pasto a orrendi demoni... Quello non poteva essere amore. Se davvero avesse tenuto a loro, li avrebbe fatti fuggire tutti dalle grinfie di quegli esseri.

Io... non farò quella fine!

Tuttavia, anche se nel suo cuore continuava a farsi forza e a ripetersi che doveva esserci un modo per salvarsi, razionalmente non trovava alcuna via di fuga per sé stessa. Non c'era piano che potesse funzionare senza la collaborazione di qualche alleato, ma Isabella era la più grande all'istituto, così non poteva contare sull'aiuto di nessuno. Ai fratelli e alle sorelle più piccoli continuava a mostrarsi sorridente reprimendo ogni emozione.

Era scacco matto.

Perseverando nella sua battaglia, non avrebbe fatto altro che condurre sé stessa e gli altri bambini dell'istituto a morte certa. Non vi era possibilità di riuscita. O forse...

«Io sopravvivrò...»

Isabella scelse l'unica forma di resistenza in suo potere, scelse di sperare. Lei non sarebbe diventata cibo per demoni, avrebbe continuato a vivere da essere umano fino alla fine.

Se riesco a sopravvivere, forse...

Isabella sperava di poter rincontrare Leslie. Razionalmente sapeva che quel futuro non poteva esistere. L'assoluta certezza che l'amico fosse morto l'aveva avuta nell'istante stesso in cui la mamma le aveva consegnato l'agenda.

Eppure Isabella aveva deciso di non abbandonare la speranza che il fratello esistesse ancora, da qualche parte là fuori.

Il giorno del suo dodicesimo compleanno, Isabella ripose in un angolo l'uniforme bianca e, pronta a lasciare Grace Field, si avviò con la mamma verso il cancello. Quella sera non una singola stella illuminava il sentiero, intorno a loro l'oscurità più totale, mitigata solo dalla fievole luce della lanterna.

Da questo momento inizia la vita nel mondo esterno.

L'agenda che Leslie stringeva forte a sé la sera in cui se n'era andato per sempre era stata riposta con cura nella valigia di Isabella, tra i suoi abiti e le lettere di addio dei fratelli. Quando fu davanti al cancello, Isabella si fermò a fissare le sbarre di acciaio al fianco della mamma, con espressione risoluta.

Davanti a lei si ergeva una strana, oscura creatura, un mostro che sembrava provenire da un altro mondo. Di fronte a quella vista l'ultima sottile speranza, che la ragazzina aveva custodito gelosamente nel proprio cuore come una piccola stella, si volatilizzò in un istante per non fare più ritorno.

Aaah...

Isabella non voleva credere che Leslie fosse stato dato in pasto ai demoni, ma era la verità. E la prova era proprio lì, davanti ai suoi occhi.

Quindi è vero... Ormai Leslie è...

Isabella strinse i pugni talmente forte da sentire le unghie affondarle nei palmi delle mani, ma si era imposta di non piangere.

Leslie, io non piangerò mai più...

Isabella fissò l'immonda creatura con tutto l'odio di cui era capace.

Rimarrò in vita a tutti i costi, fossi l'unica persona a sopravvivere. Gliela farò vedere io.

I demoni annunciarono il nome della bambina, scelta come candidata per diventare una nuova Sorella assistente delle Mamme.

«Numero 73584, Isabella. Da oggi verrai trasferita al quartier generale come candidata Sorella.»

E così la ragazzina abbandonò l'istituto per diventare allevatrice. Isabella non temeva più la presenza dei demoni e, ben presto, si integrò nel sistema. Non esitò un istante nel liberarsi delle altre ragazzine, riunite al quartier generale nelle medesime circostanze. Solo una tra loro avrebbe completato l'addestramento diventando a tutti gli effetti Sorella, e Isabella aveva giurato a sé stessa che ce l'avrebbe fatta a qualunque costo. Seppellì ogni barlume di sentimento e umanità. Non fu un'operazione semplice come aveva ipotizzato, ma era determinata a sopravvivere, a qualunque costo.

Quando rimaneva da sola, sprofondava nel dolore. Le riaffioravano alla mente i volti dei fratelli e delle sorelle che non era riuscita a salvare, l'espressione negli occhi di Leslie quella notte. E a tutto ciò si univa il senso di colpa per essere l'unica sopravvissuta. Isabella non riusciva a trovare una via d'uscita a quella disperazione.

In quei momenti, dalle sue labbra iniziavano a fuoriuscire le note della canzone di Leslie, con la stessa indelebile dolcezza di sempre. Isabella, rimasta sola, ripeté quella melodia un'infinità di volte. Ormai quella era l'unica cosa in grado di lenire le sue ferite, di consolarla quando era sul punto di mollare, e di infonderle la forza di andare avanti.

Tutto in funzione del suo unico obiettivo: restare in vita.

Era disposta a tutto pur di mostrare il proprio potenziale ed essere giudicata un essere umano prezioso.

Per questa ragione diede alla luce un bambino.

«Uh... Mmh...»

In quel momento, uno dei bambini avvolti nella coperta si rigirò lentamente su sé stesso e sembrò in procinto di svegliarsi. Scansandosi la coperta dalla bocca, mugugnò con aria intristita.

«Phil?»

Nello stesso istante in cui Isabella chiamò il suo nome, Phil aprì gli occhi. Il bambino, lo sguardo confuso di chi si è appena svegliato, rimase a fissare la mamma per un lungo istante. Lei, di contro, gli passò dolcemente una mano tra i capelli, accarezzandogli la nuca.

«Hai freddo, vero? Vieni qui sotto.»

Così dicendo, Isabella lo invitò ad accucciarsi al proprio fianco, sotto la coperta che stava usando lei.

Phil, in principio titubante, andò a sedersi accanto a lei, senza tuttavia appoggiarsi.

«La casa... è andata a fuoco?»

«Già» rispose Isabella, laconica.

«Mamma?»

Sentendosi chiamare così, la donna socchiuse gli occhi, e la voce di Phil si confuse, nei suoi ricordi, con quella di un altro bambino che, all'età di sei anni, dopo averla chiamata con la stessa intonazione, le aveva posto una domanda del tutto inaspettata.

"Perché mi hai fatto nascere?"

«Mi canti ancora la canzone di prima?»

Non resistendo alla stanchezza, il piccolo Phil, le palpebre pesanti, crollò di nuovo addormentato da seduto. Poiché il capo del bambino continuava a sbilanciarsi in avanti, Isabella si adagiò con delicatezza il piccolo in grembo.

«Va bene...»

Dalle labbra di Isabella, per l'ennesima volta, fuoriuscirono le note della dolce melodia di Leslie. E la mente di Isabella fu pervasa dai ricordi di sei anni prima. Quel giorno era stato Ray, che all'epoca aveva sei anni, a cantare quella canzone.

Perché...

La donna osservò i bambini di Grace Field addormentati intorno a lei. Tutti, dal primo all'ultimo, erano i figli partoriti dalle candidate Sorella.

Nel corso degli anni, Isabella si era interrogata infinite volte sull'ironia del destino. Un sorriso amaro si fece largo sul suo volto.

Mai avrebbe immaginato che il neonato dai capelli corvini giunto all'istituto undici anni prima fosse proprio il bambino che lei stessa aveva partorito.

Il giorno del suo sesto compleanno, Ray si era confrontato apertamente con Isabella.

Facendo attenzione a non destare sospetti negli altri bambini, la donna si era recata cautamente al confinare del bosco, dove la spia luminosa segnalava un guasto alla trasmittente di uno dei bambini, e lì aveva trovato Ray, seduto placidamente all'ombra di un albero, con un libro sulle ginocchia. Mentre sfogliava le pagine, il piccolo canticchiava una canzone in un tono di voce appena percettibile.

Isabella aveva riconosciuto subito la melodia, ma quando si era avvicinata i suoi piedi erano rimasti incollati al terreno.

«Ray, quella canzone... dove...»

Ray stava intonando la canzone senza titolo di Leslie.

Isabella non riusciva a comprendere come lui potesse conoscere quella melodia. Quel giorno l'amico si era poggiato un indice sulle labbra, chiedendole di non farla sentire a nessun altro, e lei aveva mantenuto la promessa: Isabella non aveva mai cantato la canzone in presenza di altri bambini mentre era all'istituto, né tantomeno dopo essere diventata una Mamma.

La canto solo quando sono completamente sola...

La donna si stava ancora sforzando di trovare un senso alla cosa, quando un pensiero le trafisse la mente. C'era stato un solo periodo in cui non era mai stata del tutto sola.

In quei mesi... eravamo in due.

In quel momento aveva ricordato il periodo della gravidanza al quartier generale, quando accarezzava il pancione, diventato ormai enorme.

Non è possibile...

Ray, sollevato lo sguardo dal libro, aveva abbozzato un sorriso carico di malinconia.

Sul volto della donna si era fatta largo la disperazione.

In quell'istante, la maschera che aveva indossato per anni si era sgretolata, lasciando intravedere un barlume di emozioni per la prima volta da quando, quel lontano giorno, aveva stretto la mano ai demoni. Per un brevissimo istante sul viso di Isabella comparve lo stesso dolore di quando, ragazzina, aveva scoperto la verità.

«Ho capito come funzionano le cose qui a Grace Field» aveva esordito Ray in tono indifferente, facendo una breve pausa prima di continuare altrettanto pacato. «Cosa vuoi fare ora? Uccidermi?»

Isabella restituì a Ray uno sguardo fermo. Si trovava al cospetto del bambino che lei stessa aveva dato alla luce sei anni prima. Un rivolo di sangue gocciolava dalla ferita sull'orecchio di Ray.

«Voglio fare un accordo con te, mamma.»

La proposta di Ray consisteva nel promuoverlo a spia infiltrata del gruppo. Si sarebbe mescolato al gregge di bambini e avrebbe tenuto sotto controllo i loro movimenti dall'interno, alla stregua di un cane da guardia. In cambio, Ray aveva avanzato due richieste: non essere spedito subito al macello, ed essere ricompesato se avesse ottenuto risultati. Ciò che desiderava erano oggetti dal mondo esterno normalmente inaccessibili ai bambini di Grace Field.

«Le ricompense dipenderanno da ciò che riuscirai a fare» aveva decretato Isabella, riappropriandosi della maschera imperturbabile di sempre, con un sorriso glaciale.

A quel punto, Ray era tornato a fissare il libro aperto sulle proprie ginocchia. Solo dopo un breve silenzio colmo di riflessioni, sollevò il capo lentamente. Quando i loro sguardi si incontrarono, Isabella si smarrì per un istante negli occhi del bambino, identici ai suoi.

«Perché mi hai fatto nascere? Madre...»

Non era quello il modo in cui le Mamme dei vari orfanotrofi venivano chiamate normalmente dai bambini. Inoltre sentiva di non avere il diritto di essere chiamata così.

Isabella abbassò lo sguardo in direzione del bambino, le sue labbra erano distorte in una smorfia.

«Per poter continuare a vivere» dichiarò la donna.

Non era una bugia.

Con quello scambio i due avevano stabilito i termini del loro rapporto: Ray avrebbe approfittato della situazione per trarne il massimo vantaggio, e lo stesso avrebbe fatto Isabella. Avrebbero continuato a usarsi reciprocamente per mantenere l'equilibrio del gioco e portare avanti ognuno la proprio strategia.

Non siamo madre e figlio.

Tuttavia, seppur di rado, alla donna capitava di posare lo sguardo di nascosto su di lui e perdersi nelle somiglianze che intravedeva con l'immagine di sé stessa da piccola. Il colore degli occhi, il modo in cui sfogliava le pagine di un libro, l'abilità negli scacchi, la lucidità dei suoi capelli, la forma delle unghie...

Isabella non provava alcun istinto materno nei confronti di Ray, ma era profondamente dispiaciuta che lui ricordasse tutto sin dal principio. Per lui quell'istituto non aveva mai potuto essere un posto in cui trascorrere spensieratamente la propria infanzia, e lei non poteva farci nulla.

Isabella aveva ricordato la conversazione avuta con la mamma davanti al cancello, la notte del suo dodicesimo compleanno.

Una volta messa al corrente delle operazioni e del funzionamento della struttura, anche lei si era resa conto di quanto fosse stato sconsiderato il suo tentativo di opporre resistenza.

Era impossibile sottrarre i bambini alle grinfie dei demoni e farli fuggire. Se ci avesse provato, l'unico risultato che avrebbe ottenuto sarebbe stato condannarli tutti a un oceano di crudeltà e a una vita ancora più breve ed effimera.

Quale alternativa è più crudele?

Nel nome dell'amore per loro, Isabella era giunta alla conclusione che la scelta migliore fosse permettere loro di vivere sereni il più a lungo possibile all'oscuro della verità ed era riuscita nell'intento di creare un'oasi di felicità, seppur fittizia, per i bambini dell'istituto. Una vita in pace fatta di risate genuine, innumerevoli ricordi, amicizia e legami profondi… La donna aveva ricreato per i bambini di Grace Field la magia dei giorni felici trascorsi in compagnia di Leslie.

Per tutti, tranne che per Ray…

Però, forse, Emma e Norman erano riusciti a sopperire a questa mancanza. Chiaramente Ray non avrebbe mai potuto dimenticare la verità, ma la compagnia e l'amicizia dei fratelli gli avevano permesso di costruire ricordi felici. A Isabella questo dettaglio non era sfuggito.

Le sembrava fosse passato a malapena un giorno da quando aveva varcato la soglia del cancello portando in braccio Emma, Ray, Norman. E poi ancora Gilda, Anna, Nath, Thoma e Lannion. Tutti quanti…

Avrei fatto meglio ad amarli sinceramente…

Quel pensiero occupava il cuore di Isabella, mentre seguiva con lo sguardo i bambini che oltrepassavano il muro e fuggivano dall'istituto.

Non in qualità di allevatrice, ma semplicemente come farebbe una mamma con i propri figli. Avrei dovuto crescerli con cura e amore, preoccupandomi solamente della loro salute, della loro felicità, e non considerarli poco più che merce di scambio.

I pensieri affollavano la testa di Isabella come in un sogno confuso. Il suo cuore, ormai rassegnato alla resa, a lungo aveva dimenticato quelle speranze.

Perlomeno sono riuscita ad aiutarli, anche se solo un po', a raggiungere la libertà…

Quella notte Isabella era riuscita a riscattare la sé stessa dodicenne che, dentro di lei, non aveva mai smesso di urlare che, se amava davvero quei bambini, avrebbe dovuto sottrarli alle grinfie dei demoni.

A quel punto, la donna posò uno sguardo triste sulla lista di Leslie.

Quei giorni beati passati insieme a lui erano trascorsi in un attimo. All'epoca credeva che non sarebbe mai diventata adulta, che nulla sarebbe cambiato. Eppure lei era lì, e il futuro aveva assunto una forma che la bambina di allora non avrebbe mai nemmeno immaginato. E probabilmente non c'era altro ad attenderla.

«Va bene così.»

Gli occhi di Isabella iniziarono lentamente a chiudersi, come quelli dei bambini raggomitolati intorno a lei e immersi in un sonno profondo. La canzone di Leslie aveva continuato a echeggiare nella sua testa, fino a interrompersi improvvisamente.

Era esausta e, alla fine, era crollata.

Dal giorno in cui aveva scoperto la verità, Isabella non aveva smesso un istante di combattere. Contro la mamma, contro i demoni, contro il mondo intero... Per sopravvivere era necessario il massimo rigore. Non le sarebbe stato perdonato il minimo errore: un solo passo falso e sarebbe stata spedita. Ma Isabella voleva condurre una vita da essere umano, non da animale da allevamento o da merce. In quel mondo, però, quel semplice desiderio recava con sé enormi dolori e sofferenze.

Leslie...

Isabella sollevò appena le palpebre pesanti.

Chissà cosa diresti se potessi vedermi ora... Passata dalla parte dei carnefici, consegno altri bambini agli stessi demoni che ti hanno ucciso e condanno altri innocenti alla stessa fine. Io volevo solo sopravvivere e mantenere la mia umanità. Ma guardami... Mi sono solo resa loro complice e macchiata di questi crimini.

"Isabella..."

Una voce dal tono rassicurante invocò il suo nome, e la donna vide apparire nell'oscurità la sagoma di Leslie, illuminata dalle fiamme dell'edificio. La sua espressione era la stessa del giorno in cui Isabella si era fatta male: le sue sopracciglia erano aggrottate, come se fosse stato lui a ferirsi.

"Piangi pure se sei triste."

Isabella, intonando la canzone di Leslie, un mucchio di volte aveva finto che andasse tutto bene, anche se era in difficoltà.

«Leslie...»

Non era più necessario continuare a mostrarsi forte. Le parole di Leslie le scaldarono il cuore come un abbraccio rassicurante, e Isabella tornò la ragazzina gioiosa di un tempo, che correva sventolando in tutte le direzioni la lunga treccia.

"Hai lavorato sodo, tutta da sola..."

Dagli occhi della donna iniziarono a sgorgare copiose lacrime. La mano stretta sul foglietto di carta con la lista iniziò a tremare.

«Mi dispiace, Leslie.»

La voce strozzata dai singhiozzi tornò quella innocente di un tempo.

Toccava a me salvarti, te lo avevo promesso... Avevamo giurato di rivederci...

Isabella sollevò il pezzetto di carta a mezz'aria, con espressione sconfitta. Non c'era più nulla da fare per lei, non era prevista nessuna possibilità di salvezza per un'allevatrice incapace. Stava per allentare la presa e affidare ciò che restava della lista di Leslie al vento, quando la mano improvvisamente si fermò.

La luce intensa dell'incendio lasciò intravedere qualcosa in trasparenza.

«Ah...»

Illuminate dalle fiamme, le tracce di matita cancellate e sepolte sotto i pesanti tratti neri emersero in controluce.

"10. Diventare l'eroe di Isabella."

Così si concludeva la lista degli obiettivi di Leslie.

La grafia infantile con cui era scritta la frase si rifletté negli occhi della donna. Il suo cuore fu travolto dal ricordo di Leslie e dei giorni trascorsi insieme, splendenti come una pioggia di stelle cadenti. Il suo sorriso imbarazzato, il modo esitante in cui chiamava il suo nome, la sua melodia cristallina... Tutto questo riportò la luce nel cuore di Isabella, sprofondato nelle tenebre.

Lui era il bambino più buono e gentile di tutti, e le aveva sempre riservato un posto speciale.

Isabella abbassò lentamente la mano che stringeva il foglietto di carta e se la premette forte contro il petto.

«Grazie, Leslie...»

Isabella, la voce rotta dal pianto, iniziò a intonare la loro canzone. La dolce melodia echeggiava soave tra gli alberi del bosco avvolto nel silenzio.

Quella canzone aveva accompagnato Isabella per buona parte della vita, curando ogni sua ferita e mitigando il suo dolore.

Se solo ci fosse un modo per regalare questa musica ad altri...

Ma quella era la loro canzone segreta. Isabella ripercorse con la memoria quei giorni lontani e sorrise.

Era convinta che i bambini che la avevano ascoltata cantare si fossero innamorati di quella ninnananna e desiderò che tutti loro continuassero a cantarla in futuro. Il destino che si prospettava loro davanti era pieno di tristezza e lacrime.

Isabella tornò a guardare il viso addormentato di Phil.

Chissà se Ray canterà mai questa canzone nel mondo esterno... Chissà se prima o poi anche Emma e gli altri la impareranno...

La donna ripensò all'espressione cinica e guardinga di Ray.

Qualcosa mi dice che non lo farà...

A Isabella era bastato sussurrare le note di quella canzone per dimenticare la disperazione. Rispreso il controllo di sé, si asciugò le lacrime, ma sul suo viso non comparve l'espressione di chi ha rinunciato a tutto.

Mi hai salvata ancora una volta.

L'ultimo obiettivo sulla lista di Leslie era stato raggiunto più e più volte.

Il cielo a oriente iniziò gradualmente a schiarirsi.

Improvvisamente al suo fianco apparve la figura della Nonna, la Mamma che si era occupata di lei all'istituto, accompagnata dalla Sorella che presumibilmente avrebbe dovuto prendere il suo posto, in piedi dietro di lei.

«Perché...»

Dalle labbra dell'anziana, distorte in una smorfia che Isabella non aveva mai visto prima, trapelò una voce angosciata.

A quella vista, Isabella si rese conto che anche lei, a suo tempo, era stata una bambina innocente cresciuta nella fattoria. Sicuramente anche lei aveva ricordi speciali legati a persone che ormai non c'erano più.

Ancora una volta la dolce melodia di Leslie le era andata in soccorso e Isabella trovò la forza di alzarsi, risoluta.

È l'alba di un nuovo inizio...

CAPITOLO 2 • *Il cielo della libertà*

Aaah... Che bel cielo...

Perse del tutto le forze, Krone sentì il proprio collo piegarsi di colpo all'indietro, tremando violentemente. Avvertiva la presenza di un enorme corpo appuntito farle pressione contro la schiena, ma ormai non provava neanche più dolore.

Da quell'angolazione non era in grado di distinguere il colore del fiore che era sbocciato dopo averle conficcato il petto. L'unica cosa che si rifletteva nei suoi occhi era un ritaglio di cielo azzurro, incorniciato da massicce sbarre di acciaio.

Erano trascorsi sedici giorni da quando Krone aveva riattraversato quel cancello nei panni di Sorella, e lunghi anni da quando l'aveva superato la prima volta. Il varco che aveva oltrepassato quel giorno era diverso, ma la sua funzione non era cambiata: farla uscire da un posto.

Il cancello era stato l'inizio di tutto.

I

Krone camminava insieme alla mamma lungo il percorso che conduceva dall'istituto al cancello. Abbandonata per sempre l'uniforme bianca, la ragazzina guardava compiaciuta le maniche del suo nuovo cardigan e fantasticava eccitata all'idea della nuova vita che la attendeva insieme alla famiglia adottiva.

Krone, la mano stretta a quella della mamma, alzò lo sguardo in direzione della donna.

«Chissà come sarà la mia nuova mamma! Spero che il mio nuovo papà sia una persona gentile e paziente!»

La mamma, il pugno stretto intorno alla maniglia della valigia, le rivolse un sorriso cordiale.

«Lo scopriremo prestissimo.»

Poco dopo cominciò a intravedersi la sagoma del cancello, un luogo normalmente interdetto ai bambini dell'istituto. Le sbarre, che di solito erano serrate saldamente, quella sera erano state aperte. Krone, vagamente intimidita, seguiva in silenzio la mamma davanti a lei. La struttura del cancello era molto più imponente di quanto potesse sembrare da lontano. Le spesse mura di cinta costituivano una sorta di tunnel dai soffitti slanciati, in cui si nascondevano ingranaggi di mastodontiche dimensioni che probabilmente servivano ad azionare le sbarre.

Krone non riusciva a smettere di guardarsi attorno incuriosita, finché non si accorse di una presenza dalle indecifrabili sembianze che attendeva immobile alla fine del tunnel.

La creatura era molto più imponente di un normale essere umano. Nonostante il buio della notte, Krone riuscì a distinguere la sagoma di una mano deforme distendersi nella sua direzione. Nell'istante in cui la ragazzina riuscì a mettere a fuoco con chiarezza l'aspetto della creatura, si immobilizzò, come se una scossa elettrica l'avesse attraversata.

«Iiih...»

Si trovò al cospetto di un mostro informe.

Istintivamente Krone fece per indietreggiare, ma qualcosa la bloccò premendole contro la schiena. Era la mano della mamma che, in piedi al suo fianco, teneva salda la presa sulla sua spalla.

«Krone, sei una bambina intelligente e capace. Voglio darti la possibilità di scegliere.»

La donna si espresse in un tono di voce pacato che strideva con quella situazione irreale. Quando Krone alzò lentamente lo sguardo, la donna le restituì un sorriso. Fuori dalle labbra della mamma, che aveva cresciuto tutti gli orfani dell'istituto come figli suoi, uscirono parole di un'inquietante disumanità.

«Vuoi morire qui? Oppure preferisci scegliere la strada per diventare Mamma come ho fatto io?»

Krone rimase pietrificata di fronte a quel sorriso crudele, quindi tornò a fissare il mostro, immobile davanti a lei. La creatura la fissava attraverso i due fori intagliati verticalmente nella sua maschera.

«...»

Le gambe di Krone non smettevano di tremare.

Ma che sta dicendo, la mamma?

Non riusciva a credere ai suoi occhi, né tantomeno a ciò che le sue orecchie avevano appena sentito.

Ti prego, fa' che sia solo un brutto sogno...

Ma nonostante le preghiere della ragazzina, il desiderio di risvegliarsi al sicuro nel proprio letto non si avverò. La scena a cui stava assistendo era reale.

Di fronte alle due alternative inaspettate, Krone rispose con voce strozzata.

«Non... voglio morire...»

La bocca impastata, Krone riuscì finalmente ad articolare suoni percettibili. La mamma, udendo quelle parole, socchiuse gli occhi con espressione soddisfatta.

«Bene, Krone. Mi raccomando, fai la brava anche nella tua nuova casa.»

E con quelle parole la donna le assestò una spinta sulla schiena.

L'aveva salutata proprio come se fosse in procinto di iniziare una nuova vita con la famiglia adottiva.

II

Ogni mattina, alle sei in punto, un suono riecheggiante le avvisava che era ora di alzarsi.

Krone, non appena ebbe aperto gli occhi, scese dal letto e iniziò a cambiarsi, passando dalla veste da notte all'uniforme grigia in due pezzi. Quindi rimase immobile davanti allo specchio per un istante. Dalle stanze accanto si udiva il rimbombo di passi ovattati e il rumore sommesso dei preparativi per la giornata.

Le camere, minuscoli compartimenti dalle pareti in cemento fredde e impersonali, non contenevano nulla al di fuori dello stretto indispensabile. Oltre al letto, una piccola scrivania e una sedia, c'era solamente un lavandino installato in un angolo.

Krone diede uno sguardo veloce alla propria immagine riflessa nello specchio sopra il lavandino, si sistemò rapidamente l'uniforme e, aperta la porta, uscì in corridoio dove erano ordinatamente allineate, ciascuna davanti all'uscio della propria stanza, ragazze con addosso la sua stessa uniforme grigia.

«Numero 72684!»

«Presente!»

Dalla fila ordinata si levavano, una dopo l'altra, voci meccaniche e alienate. Krone se ne stava in piedi con lo sguardo rivolto a terra, quando all'improvviso sentì qualcosa che risvegliò in lei un senso di nostalgia. Quando alzò il viso, ebbe l'impressione che la ragazza bionda alla fine del corridoio somigliasse a qualcuno... ma si affrettò a soffocare il ricordo dei giorni felici trascorsi all'istituto.

Qui non c'è nessuno di cui possa fidarmi...

Erano trascorsi due giorni da quando Krone era stata trasferita alla scuola di addestramento per Sorelle, situata all'interno del quartier generale.

Quel posto era un luogo del tutto diverso dall'istituto in cui era cresciuta.

La sera in cui Krone scelse la vita, fu trasferita dalla fattoria al quartier generale senza avere nemmeno il tempo di metabolizzare la cruda realtà. L'interno dell'edificio, privo di finestre, era un susseguirsi di porte e pareti identiche che fecero perdere ben presto l'orientamento alla ragazzina. I muri bianchi, freddi e impersonali, si estendevano a oltranza, e i soffitti alti amplificavano il riverbero di ogni singolo passo.

«Numero 18684, Krone.»

La donna con addosso un lungo abito nero, che le faceva strada, si fermò improvvisamente davanti a una delle porte. Era la prima volta che Krone incontrava una persona di età superiore alla mamma.

Tutti chiamavano quella donna "Nonna", e la sua figura era avvolta da un'aura di austera soggezione, non solamente per via dell'età. Per qualche ragione, Krone temeva la sua presenza anche più delle creature con cui si era trovata faccia a faccia quella notte.

Girata la chiave nella serratura e spalancata la porta, il panorama cambiò, e Krone rimase senza fiato.

A quel punto la Nonna posò la mano sulla spalla della ragazzina e la condusse alla sua nuova casa.

«Da oggi punterai a diventare una Mamma insieme alle tue compagne.»

La Nonna presentò la nuova arrivata alle altre candidate. Krone alzò lo sguardo lentamente e incrociò quello della ragazza in piedi al suo fianco, quindi tornò a fissare la parete.

Davanti a lei c'era una distesa di porte identiche, tutte allineate, che conducevano a stanze altrettanto identiche. Le tubature a vista e la struttura metallica della scala non trasmettevano il minimo calore.

Al piano terra e sulla tromba della scalinata per il secondo piano, era pieno di ragazze con addosso la medesima uniforme. Gli occhi delle compagne più grandi si concentrarono all'unisono sulla nuova arrivata accompagnata dalla Nonna.

Nessuna di loro accennò un sorriso. Al contrario, era come se i loro sguardi carichi di competizione e antagonismo stessero scrutando la nuova rivale per valutarne il potenziale di minaccia. Senza neanche accorgersene, Krone si lascò prendere dal panico.

A ognuna di loro era stata offerta la possibilità di salvarsi e tutte avevano scelto la strada della sopravvivenza.

Non sono l'unica a cui è stata offerta una via di salvezza...

In condizioni normali, essere circondata da compagne nella sua stessa situazione sarebbe stato motivo di conforto, ma in quelle circostanze la ragazzina non riuscì a provare il minimo sollievo.

A giudicare dalla pioggia di sguardi che le allieve più grandi le avevano riservato, quello non era il luogo in cui potersi aspettare una accoglienza calorosa.

Era la prima volta che Krone incontrava ragazze di età superiore ai dodici anni. Di fronte a quelle giovani donne, alte e dai tratti più adulti, alla ragazzina sembrò di essere tornata una bambina di cinque anni.

Come farò a sopravvivere?

«Numero 18684!»

Krone, persa nei suoi pensieri, tardò a rispondere alla chiamata.

«P... presente...»

L'istruttrice si portò davanti alla ragazzina e, aggrottando le sopracciglia, la esaminò con attenzione. Poi annotò qualcosa sul registro che teneva sottomano, e passò oltre.

Krone sudò freddo.

Qualunque gesto o comportamento veniva registrato e riportato alla Nonna. La minima mancanza o un dettaglio insignificante avrebbero potuto compromettere il percorso delle candidate Sorella.

«Ventuno presenti. È tutto, andate.»

Al termine dell'appello, le ragazze si spostarono all'unisono verso la mensa. Le prime allieve arrivate iniziarono a recuperare i vassoi, che le addette ai pasti avevano preparato, e si sedettero ai tavoli in completo silenzio.

I giorni trascorsi all'istituto, in cui tutti i bambini apparecchiavano insieme tra una chiacchiera e uno scherzo, sembravano lontani secoli. Krone ritirò il proprio vassoio e rivolse uno sguardo spento al pasto adagiato su di esso.

Improvvisamente un fragore di piatti in frantumi squarciò il soffocante silenzio della sala, seguito da un urlo acuto che attraversò la mensa da un capo all'altro.

«Basta, non ne posso più!»

Krone, tornata alla realtà, si voltò in direzione delle grida e vide una ragazza in piedi, il contenuto del vassoio disseminato a terra.

La ragazza, leggermente più grande di lei, aveva il volto offuscato dalla paura e le guance inondate di lacrime. Le sue spalle si muovevano in alto e in basso ansimanti.

«Non posso farlo! Voi siete matte se aspirate a diventare coloro che abbandoneranno quei bambini! Voglio rivederli, restituitemeli!» gridava tra i singhiozzi e le lacrime, sbattendo disperata i pugni a terra.

Intorno a lei si era formato un cerchio di curiosi: chi faceva finta di niente guardando altrove, chi la fissava abbozzando un sorriso sarcastico. Tuttavia, nessuno si avvicinò per aiutarla a rialzarsi o per fornirle una parola di conforto.

Krone, con il vassoio ancora in mano, sopraffatta da quella scena, si irrigidì come un pezzo di legno e rimase impalata dov'era.

Non trascorse molto prima che due delle istruttrici, sentite le urla, accorressero sul luogo e afferrassero la ragazza per le spalle, sollevandola di peso.

«Cos'è tutto questo trambusto?»

In un attimo tra le allieve, che fino a quel momento non avevano reagito alle urla, si diffuse un certo nervosismo. Alla vista della Nonna, che aveva fatto la sua comparsa nella sala, anche Krone era sobbalzata. Una delle istruttrici, avvicinatasi di corsa, le sussurrò all'orecchio quanto accaduto.

«Capisco...»

L'anziana donna rivolse lo sguardo privo di emozioni, che riservava a tutte le allieve che si lasciavano prendere dai sentimenti, in direzione della giovane allieva, il volto bagnato dal pianto.

«Portatela via, non serve più.»

La sentenza che uscì dalle labbra della Nonna fu netta e spietata.

In quel preciso istante, la ragazza comprese di aver commesso un errore fatale, così iniziò a dimenarsi e gridare disperata, mentre veniva trascinata via dalla mensa con la forza.

«No, no! Chiedo perdono! Mi dispiace, non succederà più! Non voglio morire...»

Krone rimase ammutolita ad ascoltare quelle urla angosciate che si allontanavano per il corridoio. Negli anni trascorsi all'istituto non aveva mai udito simili grida di disperazione, e fu percorsa dai brividi.

«...»

La ragazzina inghiottì un blocco di saliva rumorosamente, mentre nella sala era tornato a regnare il silenzio, e le altre allieve ripresero a mangiare come se nulla fosse mai accaduto.

Krone si sedette a un tavolo, facendo del proprio meglio per nascondere il tremore alle gambe. Non aveva il minimo appetito, ma si sforzò di ingerire qualche cucchiaio di zuppa.

È così che funziona qui...

Non c'era posto per l'umanità. Le allieve giudicate inadatte al ruolo di Sorella diventavano cibo per demoni, esattamente come i bambini delle fattorie.

Nell'arco di tre giorni, Krone apprese a grandi linee il funzionamento della scuola di addestramento e del quartier generale in senso ampio. Tutte le candidate, come lei, avevano dato prova di possedere intelligenza e capacità superiori alla media durante il loro soggiorno all'istituto. Di conseguenza, il giorno della loro spedizione, avevano ricevuto dalle rispettive mamme la medesima proposta di salvezza. Per intraprendere la carriera di Mamma e gestire un allevamento era necessario, in primo luogo, completare il percorso di formazione come candidate Sorella.

Il lavoro di Sorella consisteva principalmente nell'educare e nell'assistere i bambini, e all'occorrenza aiutare le Mamme a portare a termine il raccolto.

Ma per diventare un'allevatrice, non bastava avere le migliori credenziali. Bisognava anche contribuire ad alimentare le fattorie partorendo in prima persona un bambino. Tuttavia i posti erano limitati e le Sorelle che riuscivano a diventare Mamme si contavano sulle dita di una mano.

In cima alla piramide gerarchica c'era la Nonna.

Krone fu colta dalle vertigini nell'apprendere dell'esistenza di una struttura tanto capillare. Sentiva le ginocchia cedere di fronte a quella meticolosa organizzazione.

Ovviamente, non tutte le Sorelle incapaci di assumere il ruolo di Mamma venivano date in pasto ai demoni. Una volta completato con successo l'addestramento, c'era la possibilità di accedere a percorsi alternativi alla carriera di allevatrice. Ne erano un esempio le istruttrici o le addette ai pasti.

Inoltre le Sorelle con una vasta conoscenza in campo medico erano impiegate come medici o infermiere. Loro non si occupavano solo delle partorienti, ma anche delle operazioni di innesto del microchip nel petto delle allieve. Non erano pochi gli ambiti in cui gli esseri umani erano necessari, anche senza considerare il parto e la cura dei neonati, che erano una loro assoluta prerogativa.

Insomma, il loro ruolo presso il quartier generale era di notevole importanza.

La gestione di domanda e offerta della merce, così come la formazione di allevatrici professioniste in grado di fornire prodotti di prima qualità, richiedeva un addestramento adeguato. Quel sistema si basava sul fatto che tutti quei compiti non potevano essere espletati direttamente dai demoni, così gli esseri umani erano stati soggiogati alla perfezione per occuparsene in loro vece.

Krone inghiottì lentamente il boccone, facendo del proprio meglio per controllare la nausea e i conati.

Credevo che, scegliendo questa strada, mi sarei salvata dalla morte, invece...

Quella sera, quando aveva scelto di non morire, dentro di sé aveva creduto davvero di poter vivere, e si era sentita vagamente rincuorata dal fatto che non sarebbe stata uccisa. Ma era stata troppo ottimista: la nuova realtà in cui era stata catapultata era terrificante.

È come se ogni giorno fossi costretta a prendere la stessa identica decisione di quella notte: morire qui, o sopravvivere cercando di diventare una Mamma...

Mentre riponeva il vassoio, Krone si morse leggermente le labbra.

C'è chi mangia e chi viene mangiato, chi controlla e chi è controllato...

Quel sistema perfetto esisteva da sempre, da ben prima della sua stessa nascita, e non aveva falle.

III

Subito dopo la colazione, iniziavano le lezioni e le esercitazioni, per cui Krone e le altre allieve si diressero in aula, una stanza molto simile a quella in cui, ogni mattina, i bambini dell'istituto sostenevano i test: i banchi e le sedie erano allineati, e ciascuno prendeva posto in base al proprio numero.

La prima lezione della giornata sarebbe stata quella di taglio e cucito e Krone estrasse il kit che le era stato fornito. All'istituto le lezioni erano solo teoriche, per cui la ragazzina all'inizio fu sorpresa di fare esercitazioni pratiche.

La preparazione fornita alle allieve della scuola di addestramento era funzionale a formare allevatrici impeccabili, in grado di farsi carico della gestione di un allevamento in futuro.

Le abilità necessarie erano molte, e spaziavano dal cucito e il ricamo alle faccende domestiche, dalle nozioni di pedagogia alle conoscenze mediche basilari. Nel caso in cui fosse sorta una rivolta tra i bambini, era necessario anche saper combattere. Tutte quelle materie costituivano l'insieme di competenze che le aspiranti candidate dovevano fare proprie.

Fu così che Krone venne per la prima volta a contatto con le tecniche di combattimento, blocco e autodifesa. Si trattava di abilità che, non a caso, esulavano dall'educazione dei bambini all'istituto. Tutte le competenze considerate una possibile minaccia nei confronti del sistema e pericolose nell'ottica di un'evasione, erano tenute accuratamente fuori dalla portata dei bambini.

Krone e le altre apprendiste dovevano tuttavia padroneggiarle per motivi di sicurezza e, anche ammesso che apprendessero alla perfezione ogni singola tecnica di combattimento, le allieve non rappresentavano una minaccia agli occhi del sistema: sarebbe bastato inviare un segnale al microchip impiantato nel loro cuore per soffocare ogni tentativo di rivolta.

Krone si sfiorò il petto con una mano. Il colletto della divisa lasciava intravedere i punti che tenevano insieme la ferita ancora fresca.

Il giorno in cui era stata trasferita al quartier generale, Krone era stata accompagnata in sala operatoria dove era stata costretta a sottoporsi all'operazione. Quella stanza era proprio come le immagini degli ospedali o dei laboratori che aveva visto nei libri. L'odore di disinfettante, invece, le aveva fatto ricordare l'infermeria, ma era decisamente più pungente e le si era conficcato in fondo alle narici. Una volta che si fu cambiata, l'avevano fatta distendere sul tavolo operatorio. Un fascio di luce bianca sopra la sua testa l'aveva abbagliata, poi tutto era diventato nero all'improvviso.

Quando Krone aveva riaperto gli occhi, il petto era segnato da un taglio verticale arrossato e ancora pulsante, i lembi di carne tenuti insieme da punti di sutura neri.

«Non ci credo!»

Con quell'operazione, un microchip era stato impiantato accanto al suo cuore. Solo a intervento terminato il personale medico le aveva fornito tutte le spiegazioni tecniche necessarie.

Il circuito era collegato a un sistema di controllo generale in grado di inviare impulsi elettrici a comando. Inoltre il chip emetteva onde rintracciabili su un radar. In caso di tentata fuga o ribellione, le scosse inviate al chip avrebbero interrotto immediatamente il battito cardiaco del soggetto, provocandone la morte.

Tornata nella sua stanza, Krone, in piedi davanti allo specchio, si era sfiorata delicatamente la ferita ancora arrossata. Al pensiero di non poter più fuggire e alla vista di quel marchio indelebile, i suoi occhi si erano riempiti di lacrime.

Non esiste via di fuga…

Non avevano nulla con cui contrattaccare. Era come vivere con una pistola costantemente puntata alla tempia, o un coltello affilato dietro la nuca.

La porta dell'aula si aprì spaccando il secondo e l'insegnante fece il suo ingresso in aula. Dopo aver verificato con lo sguardo che tutte le allieve fossero presenti, iniziò a elargire direttive.

«Prima di tutto, consegnate il compito di ricamo assegnato la volta scorsa.»

Le allieve si alzarono in piedi a turno e, partendo dal lato sinistro della fila, si diressero una alla volta verso la cattedra. Tutte le candidate avevano realizzato lo stesso soggetto apponendo il proprio numero di matricola in fondo al ricamo.

Anche Krone stava per estrarre dalla borsa il ricamo che aveva terminato lavorando duramente fino a tarda notte, ma...

Non c'è!

Il suo elaborato era sparito!

«Non è possibile, eppure sono sicura...»

Krone udì delle voci alle proprie spalle soffocare risolini beffardi. La tentazione di voltarsi era grande, ma resistette. Era certa di averlo infilato in borsa e di averlo avuto fino all'ingresso in classe.

E adesso che faccio?!

La ragazzina strinse i denti. Era bastato un attimo di distrazione perché le venisse rubato da sotto gli occhi.

«Numero 18684, che stai combinando?» chiese l'istruttrice in tono spazientito, mentre le allieve sedute dietro di lei si dirigevano in maniera ordinata verso la cattedra. Krone era l'unica a non aver ancora presentato il proprio ricamo.

«N... non ce l'ho» rispose la ragazzina con un filo di voce, mentre deglutiva a fatica, stringendo la busta vuota.

«Non ce l'hai? Stai cercando di dire che non sei riuscita a terminarlo nonostante tu abbia avuto un giorno intero per lavorarci?» la rimbeccò la donna freddamente, le sopracciglia aggrottate.

Percependo le risatine umilianti alle sue spalle, Krone nascose il viso tra le mani. Di fronte al suo silenzio, la voce sferzante come una frusta dell'istruttrice la rimbeccò nuovamente.

«Rispondi!»

«Non è così... Lo avevo messo in borsa, ma ora non c'è più.»

Anche se Krone aveva risposto con sincerità, si rese subito conto che la sua argomentazione suonava come una banale scusa.

«Capisco...»

La voce dell'insegnante si abbassò di un tono.

«È un vero peccato, numero 18684.»

In quell'istante, un brivido gelido percorse il cuore di Krone. Le tornò alla mente la scena a cui aveva assistito poco prima a mensa. E se fosse stata giudicata non idonea all'addestramento e fosse andata incontro alla stessa fine di quella ragazza?

Nel tentativo di bloccare il tremore, Krone teneva le mani chiuse a pugno, quando dal fondo dell'aula udì una voce piatta rompere il silenzio.

«Non è questo qui?»

Una ragazza, i lisci capelli dorati che le ricadevano sulle spalle, passò accanto a Krone con passo deciso.

«Era caduto» disse la giovane, raccogliendo il quadretto da terra e consegnandolo all'istruttrice.

La donna lanciò dapprima una rapida occhiata inquisitoria all'allieva dai capelli biondi, quindi rivolse lo sguardo in direzione di Krone e la interpellò ancora una volta.

«È questo?»

Krone annuì prontamente.

«L'avevi portato con te, ma poi l'hai smarrito, eh?» mormorò la donna tra sé e sé, abbassando lo sguardo sul ricamo.

Poi tornando a rivolgersi a Krone, che non sapeva cosa aspettarsi, sollevò lentamente lo sguardo e le inveì contro infuriata.

«Smarrire o far cadere a terra i propri lavori è inammissibile! Una simile disattenzione non sarà tollerata una seconda volta! Mi sono spiegata?!»

«S... sì!» rispose prontamente Krone, raddrizzando la schiena.

Senza distogliere lo sguardo dall'istruttrice, con la coda dell'occhio tentava di sbirciare in direzione della misteriosa compagna dai capelli biondi, che aveva raccolto il ricamo togliendola dai pasticci. Nonostante la divisa grigia fosse un po' grande, Krone notò la sagoma slanciata. Avrebbe voluto guardarla con attenzione in viso, ma non ne aveva avuto il tempo: la giovane era tornata velocemente al proprio posto facendo ondeggiare la lunga chioma. Per il resto dell'ora, tra un esercizio di ricamo e l'altro, Krone non smise un attimo di pensare a lei.

Perché l'ha fatto?

Al termine della lezione, la ragazzina si alzò dalla sedia e, prima di passare all'aula successiva, si avvicinò esitante al banco della ragazza.

«Ehi» esordì, rivolgendosi a lei con un filo di voce. «Per caso... sei Cecille?»

Quando l'altra si voltò verso di lei, le guance incorniciate dal riflesso lucente dei capelli, finalmente Krone poté vedere il suo viso con chiarezza: quei radiosi occhi azzurri erano gli stessi di un tempo.

«Finalmente te ne sei accorta, Krone.»

Lei era la meravigliosa sorella maggiore cresciuta nel suo stesso istituto e protagonista di ricordi nostaglici.

IV

Cecille aveva lasciato l'istituto due anni prima, quando Krone aveva dieci anni, ed era la più grande del gruppo. Al tempo, la notizia della sua partenza aveva intristito profondamente Krone e in seguito, quando aveva scoperto la verità sull'istituto, aveva dato per scontato che tutti i fratelli a cui aveva detto addio negli anni fossero morti, invece... Cecille era viva!

Quella sera, arrivata l'ora di cena, Krone prese il proprio vassoio e passò in rassegna la mensa con lo sguardo, in cerca della sorella. Poi vide una ragazza dai capelli biondi consumare il proprio pasto nel tavolo più in fondo e, cercando di trattenere l'eccitazione, si avvicinò e si sedette. Cecille alzò istintivamente lo sguardo, come se sapesse già di chi si trattava.

Due anni erano trascorsi dal loro ultimo incontro.

Durante i pasti era proibito chiacchierare, tuttavia Krone riuscì a bisbigliare qualche parola, mentre si portava il cibo alla bocca, in modo da non farsi notare.

«Non mi ero minimamente accorta che c'eri anche tu...»

Krone proseguì tenendo lo sguardo basso, incollato sul piatto.

«Non so come spiegare, forse perché...»

«Forse perché sono molto più magra?» concluse Cecille, mentre si portava un boccone alle labbra.

Quando erano all'istituto, Cecille era una bambina paffutella, dalle guance rotonde. I capelli biondissimi e gli occhi azzurri, sembrava una bambola di porcellana. A causa della sua costituzione veniva spesso presa in giro dai fratelli più dispettosi, ma non era una bambina a cui piaceva crogiolarsi nella commiserazione di sé. Con il suo carattere forte e la sua arguzia, ogni volta che veniva canzonata, rimetteva tutti al loro posto.

Il sorriso della ragazza seduta davanti a lei in quel momento aveva mantenuto la luce di un tempo, ma il suo corpo aveva indubbiamente subito una metamorfosi. Era più alta e slanciata, polsi e caviglie sfinati... Non c'era da stupirsi se Krone, nonostante fosse lì da ormai tre giorni, non si era minimamente accorta della sua presenza. La quattordicenne Cecille emanava un'aura adulta e posata, e della dodicenne di allora era rimasto poco o niente.

«Tu, invece, sei sempre la stessa, Krone» mormorò la ragazza in tono giocoso, abbozzando un sorriso nostalgico.

Il suo modo di sorridere non era cambiato, ma una nuova durezza contornava gli occhi e le guance della sorella maggiore.

«Krone, se vuoi sopravvivere qui, devi fare attenzione. Non puoi permetterti di abbassare la guardia. Distrazioni come quella di stamattina potrebbero costarti la vita» sussurrò Cecille in tono grave. «Solo una manciata di candidate ottiene il ruolo di Sorella e, tra loro, ancora meno riescono a diventare Mamma. Ogni giorno, durante le esercitazioni quotidiane, ci viene assegnato un punteggio. Tutte sono disposte a qualunque cosa pur di ottenere anche solo un punto in più rispetto alle altre.»

Senza abbandonare quello sguardo duro, sul volto di Cecille era apparso un sorriso.

«Per salvare sé stesse, non esiterebbero un secondo ad affondare le altre» concluse la ragazza, mentre un'ombra sinistra oscurava i suoi occhi azzurri.

Krone ricambiò lo sguardo senza dire una parola. Nell'arco di due anni il volto della sorella aveva acquisito nuove sfumature di un'asprezza inedita.

«Hai capito? Non abbassare mai la guardia.»

«Cecille...»

Quando Krone pronunciò quel nome, sentì il ricordo dei giorni all'istituto farsi più vivido e soppresse con ogni mezzo i sentimenti che stavano per sgorgare.

«Sono felice che tu sia qui.»

In realtà, avrebbe voluto stringerla forte a sé per la gioia di averla rincontrata ma, anche se la sorella era lì davanti, non avrebbe potuto farlo. Krone si strofinò il naso e storse la bocca in una smorfia dolente nel tentativo di soffocare le lacrime che stavano per inondarle gli occhi. Davanti a quella scena, Cecille alzò leggermente le spalle e piegò la testa di lato.

«Krone, sei brutta se fai quella faccia.»

«Ehi!»

In quell'istante, i due anni trascorsi si riavvolsero, come se non fossero mai passati.

Un timido raggio di speranza illuminò le cupe giornate di Krone. La sensazione di ansia costante che l'aveva accompagnata nei primi giorni si era alleggerita.

Cecille si era salvata...

La ragazzina fissava il vuoto e un sorriso inaspettato le si faceva largo in volto. Questo ovviamente non cambiava la crudeltà della realtà in cui era stata sbalzata, ma il fatto di poter contare sulla presenza di un viso amico la rassicurava nel profondo.

«Tutte sull'attenti! Allineatevi in silenzio, la Nonna deve fare un annuncio.»

Al termine delle lezioni, le allieve si stavano dirigendo nelle rispettive stanze, quando furono interrotte dalle direttive dell'istruttrice. Le ragazze obbedirono senza battere ciglio. Nessuna parlò, ma i loro sguardi erano più eloquenti di mille discorsi. La donna non si fece attendere: in pochi istanti, apparve dall'angolo del corridoio e, percorrendolo in tutta la sua lunghezza, scrutò con occhi glaciali uno a uno i volti delle ragazze. Il rumore dei tacchi infrangeva il silenzio.

«Ho una comunicazione per voi, candidate Sorella» esordì la donna con tono fermo e autoritario. «Tra tutte le allieve di questa scuola, solo una di voi verrà promossa e giudicata idonea a ricoprire il ruolo a cui aspirate.»

Le ragazze erano rimaste a schiena dritta, senza muovere un muscolo, tuttavia era chiaro che le parole della Nonna avevano alterato il loro stato d'animo.

Se solo una sarebbe diventata Sorella, significava che...

Tutte le altre saranno spedite?

Krone senza rendersene conto inarcò le sopracciglia per il terrore. Trattenendosi dal voltarsi verso Cecille, rimase immobile a fissare un punto nel vuoto, davanti a sé.

La Nonna, le mani congiunte all'altezza del ventre, proseguì l'annuncio con distacco.

«Attualmente nessuno degli allevamenti è in grado di produrre merce di qualità adeguata. Per cui, al fine di garantire il numero di spedizioni stabilito dagli accordi e assicurare la formazione di personale di eccellenza, è stato deciso di promuovere solamente la candidata migliore tra tutte. Il resto verrà scartato.»

In altre parole sarebbero state spedite... ovvero uccise.

Con la sensazione che lo sguardo inquisitore della Nonna fosse puntato proprio su di lei, Krone iniziò a tremare. Le tornò alla mente la fatidica notte in cui le era stata data la possibilità di scegliere il proprio destino. Forse non le era mai stata offerta una reale alternativa e, alla fine, anche quella strada l'avrebbe condotta alla morte.

«...»

Krone strinse i pugni nel tentativo di scacciare il tremore delle mani. Anche il viso delle ragazze in piedi accanto a lei era sbiancato. In sostanza, era stato stabilito che si supplisse alla mancanza di merce da spedire con la materia prima disponibile alla scuola di addestramento. Krone ebbe l'impressione che la ferita suturata sul suo petto le dolesse sempre di più a ogni battito.

Non importava fino a che punto si potessero spingere... Comunque sarebbero sempre state controllate da qualcuno.

«Siate competitive!» tuonò la Nonna con fare secco e minaccioso. «È l'unica strada per la sopravvivenza.»

Con quelle parole, la donna si lasciò il corridoio alle spalle. Anche dopo che se ne fu andata, l'atmosfera rimase pesante, come se l'annuncio avesse lasciato uno strascico di disperazione. Tutte le candidate erano in silenzio.

«È tutto. Andate!»

Su invito dell'istruttrice, le allieve tornarono nelle proprie stanze. Mentre percorreva il corridoio, Krone ripensò alle parole della Nonna.

"Siate competitive"...

Solo una di loro sarebbe stata scelta come Sorella, e tutte avrebbero lottato con ogni mezzo per ottenere quell'unico posto disponibile.

Come posso fare?

Lei o Cecille... Solo una di loro avrebbe potuto salvarsi.

Un'altra scelta.

Competere per l'unico posto da Sorella o morire.

«Krone!»

Sentendosi improvvisamente chiamare, la ragazzina si voltò nella direzione di quella voce fioca. Cecille, in fila con lo sguardo fisso davanti a sé, aveva sussurrato il nome della sorella appena in tempo per farsi sentire. Gli occhi di Krone furono rapiti dal profilo di Cecille, intravisto di sfuggita.

«Scappiamo di qui!»

V

Il giorno seguente, la tensione si tagliava con il coltello. Non che prima quello fosse un ambiente rilassato, ma a quel punto le allieve avrebbero fatto di tutto per distruggere le altre candidate, prima di essere abbattute a loro volta.

La vita di Krone alla scuola di addestramento divenne sempre più ardua. Se in principio si trattava della battaglia per ottenere l'idoneità al mestiere di Sorella, ormai lo scopo principale delle allieve era diventato ottenere l'unico posto disponibile per la sopravvivenza.

«Avanti la prossima! Numero 72684!»

La voce dell'istruttrice tuonò altisonante nell'ampia palestra. Quando fu chiamato il suo numero, Cecille si fece avanti. Krone, che aveva iniziato a prendere parte alle lezioni di combattimento insieme alle altre, fissò lo sguardo sulla sorella.

Quando era ancora all'istituto, la ragazzina aveva imparato dai libri alcune nozioni teoriche sulle arti marziali, ma non le aveva mai messe in pratica. Alla scuola di addestramento veniva insegnato loro a combattere e atterrare l'avversario senza l'uso di armi. Krone attese il proprio turno osservando le dimostrazioni pratiche di combattimento che si susseguivano l'una dopo l'altra davanti a lei.

Cecille era indubbiamente una delle ragazze più forti. Quella mattina era stata chiamata a confrontarsi con un'allieva di quindici anni dai capelli alla pari tagliati all'altezza delle spalle e dagli occhi aguzzi. Era una delle veterane alla scuola di addestramento, e vantava ottimi voti in tutte le materie. Con ogni probabilità, le altre la reputavano la candidata più papabile a ottenere il posto di Sorella.

«Via!»

In un primo momento, subito dopo il fischio di inizio, entrambe le contendenti rimasero immobili, studiandosi a vicenda. L'aria intorno era asfissiante, tanto era carica di tensione. Fu Cecille a compiere la prima mossa. Avanzò rapidamente in direzione dell'avversaria e provò a sferrare un attacco per afferrarne il bordo della divisa. L'altra, però, non era disposta a farsi atterrare con tanta facilità e schivò l'attacco, con uno scatto a sinistra. A quel punto Cecille sferrò un calcio all'avversaria che, afferrata al volo la gamba della contendente, cercò di metterla al tappeto, senza però riuscire nell'intento e trovandosi a fronteggiare un nuovo affondo.

Cecille continuò ad attaccare l'avversaria sul lato destro in attesa che, abbassando la guardia, questa mirasse a sua volta in quel punto. Quando ciò accadde, la ragazza agguantò con prontezza il braccio sinistro dell'opponente, immobilizzandola all'istante e trascinandola verso di sé.

Per non essere sbattuta in terra, l'avversaria abbassò la propria guardia, ma finì per perdere irrimediabilmente l'equilibrio, e Cecille sfruttò il momento per caricare tutto il proprio peso contro l'altra e, con un respiro profondo, farla cadere di schiena.

«Fine dell'incontro!»

Cecille, dopo la vittoria, tolse le mani dall'avversaria e, senza una parola, fece ritorno al proprio posto. L'altra dapprima storse la bocca con fare rabbioso, ma subito riassunse un'espressione noncurante e tornò nella fila.

L'istruttrice non mancò di appuntare una nota sul registro che teneva in mano. La sconfitta nell'esercitazione di arti marziali aveva senza dubbio influito negativamente sul punteggio della candidata.

Mentre assisteva all'incontro di Cecille, Krone ripensò a quello che era successo il giorno prima.

Quella sera, recatasi a mensa per la cena, aveva ritirato il proprio vassoio ed era andata a sedersi come al solito al tavolo della sorella.

«Cecille, senti... Ieri, quando hai detto quella cosa... eri seria?» aveva bisbigliato, mentre si portava il cucchiaio alla bocca.

«Certo» confermò Cecille, annuendo.

«Ma come facciamo?» aveva chiesto Krone, aggrottando le sopracciglia.

«Adesso non posso spiegarti. Vieni da me dopo cena» aveva tagliato corto la sorella, continuando a mangiare senza dare nell'occhio.

Di regola non era concesso entrare nelle stanze delle altre, anche perché la situazione generale non favoriva la benché minima socializzazione tra le allieve. Tuttavia le porte non erano chiuse dall'esterno, quindi con un minimo di discrezione e accortezza sarebbe stato possibile eludere la sorveglianza.

Poco prima che le luci venissero spente, Krone era sgattaiolata fuori e, dopo aver controllato i dintorni, si era diretta verso la camera della sorella. Nella stanza, identica alla sua, Cecille se ne stava seduta sul letto. Krone chiuse rapidamente la porta e, solo dopo essersi accertata che non vi fosse rumore di passi, iniziò a parlare.

«Evadere da qui... Cecille, dici sul serio?»

«Ti ho detto di sì!»

La ragazza, che se ne stava seduta con le gambe incrociate, rispose di proposito in tono scherzoso.

«Ma è impossibile! Come pensi di...»

Krone fece una pausa e si sfiorò con i polpastrelli la ferita sul petto.

Il microchip le teneva in ostaggio, non c'era alcuna possibilità di opporre resistenza e sperare di spuntarla. Se solo avessero provato a mettere il naso fuori di lì, all'istante una scarica elettrica avrebbe fermato il loro cuore. E, anche ammesso che fossero riuscite a distruggere il chip, avrebbero comunque continuato a emettere il segnale. Ma soprattutto... sembrava impossibile rompere un oggetto inserito in un posto simile.

«Il microchip può essere disattivato.»

«Eh?!»

A quell'affermazione, Krone si lasciò sfuggire un gridolino di incredulità.

«Hai notato l'orologio da taschino della Nonna?»

Krone annuì con un ampio gesto del capo. La Nonna portava sempre con sé un orologio da taschino dorato. Era identico a quello utilizzato dalla mamma all'istituto. Krone non lo aveva mai visto aperto, ma era al corrente della sua esistenza.

«Quello serve a disattivare il meccanismo del microchip» concluse Cecille, lo sguardo oltremodo serio, premendosi delicatamente la cicatrice sul petto. «Se solo riuscissimo a disattivare il microchip, potremmo riuscire a evadere!»

Krone lanciò alla sorella un'occhiata sospettosa.

«E tu... come fai a sapere tutte queste cose?»

Informazioni come quella non potevano essere alla portata delle allieve e, tantomeno, sembrava possibile entrare in possesso dell'oggetto e analizzarlo direttamente. Krone non riusciva a capacitarsi di come fosse venuta a conoscenza di tali segreti.

«Dai un'occhiata qui!» disse Cecille, tirando fuori un oggetto circolare dal cassetto e porgendolo a Krone.

«Un ricamo?»

La ragazzina teneva tra le mani una cornice di forma circolare in legno con un ritaglio di tela fissato all'interno, identico a quelli che utilizzavano a lezione. Sul tessuto c'era un ricamo, senza niente di particolare rispetto ad altri realizzati alla scuola di addestramento. O, almeno, così sembrava... Quando Krone osservò sia la struttura che il ricamo, non notò nulla di strano o degno di attenzione. Il soggetto era una coloratissima farfalla, realizzata con innegabile bravura. L'artefice del ricamo, però, non poteva essere Cecille, dato che, qua e là, alcuni dei fili risultavano terribilmente vecchi e scoloriti.

«Prova a guardare sul retro.»

Krone lanciò uno sguardo perplesso in direzione della sorella. Il retro di un ricamo non è che un groviglio caotico di fili, di certo non uno spettacolo per gli occhi... Comunque la ragazzina, con fare esitante, obbedì ma, quando ebbe osservato la parte posteriore, non notò nulla di particolare rispetto a un qualunque ricamo.

«Non ci vedo niente di strano» mormorò allora, sollevando le sopracciglia con aria impaziente.

«Prova a guardare solo il filo blu.»

Vedendo Krone in difficoltà, Cecille decise di darle un indizio, e puntò il dito nel guazzabuglio di fili colorati.

«Solo il blu?»

Krone, la cornice di legno tra le mani, iniziò a scrutare con attenzione il percorso del filo blu. Provò ad avvicinarsi e ad allontanare il ricamo dal viso, studiandolo con aria inquisitrice. Poi, d'un tratto, strabuzzò gli occhi come colta da un'improvvisa folgorazione.

«Ah! Ma questa è...»

Il groviglio disordinato di fili, in realtà sembrava nascondere un disegno.

«Non dirmi che è la pianta del quartier generale!»

«Proprio così» confermò Cecille, socchiudendo leggermente le palpebre in uno sguardo sagace.

A prima vista non sembrava altro che un intricato groviglio di fili colorati ma, prestando particolare attenzione solo ed esclusivamente al disegno tracciato dal filo blu, era possibile distinguere la pianta complessa del quartier generale, a partire dalla sede della scuola di addestramento e dal tortuoso corridoio, fino alla porta verso l'esterno. Il disegno non comprendeva proprio tutta la superficie della struttura, ma ne raffigurava buona parte, comprese parecchie estensioni di cui Krone non era neppure a conoscenza.

Cecille prese il ricamo dalle mani della sorella e fece scorrere il dito lungo il contorno blu della pianta.

«Le nostre stanze vengono regolarmente perquisite dal personale di guardia. Anche usando un codice segreto, basta un solo bigliettino sospetto per essere liquidati all'istante. Ecco perché in questo posto è estremamente difficile passarsi informazioni di qualsiasi genere.»

«Le nostre stanze vengono perquisite?»

«Esatto. Vengono organizzate ispezioni a sopresa delle camere, durante le quali controllano che non ci siano attività sospette in corso. Di solito avvengono la mattina quando siamo a lezione oppure durante gli orari dei pasti.»

«Assurdo!» esclamò Krone, in uno scatto di rabbia.

«Ecco perché la pianta del quartier generale è ben camuffata all'interno del ricamo. Ci servirà per quando riusciremo a evadere di qui.»

Cecille volse lo sguardo al retro del ricamo e ne accarezzò delicatamente i fili intrecciati con i polpastrelli della mano.

«Ho ricevuto questo ricamo in eredità dalle ragazze più grandi che hanno tentato di evadere prima di me.»

A quel punto, la ragazza scosse leggermente le spalle e socchiuse gli occhi con aria nostalgica.

«La persona che me lo ha lasciato aveva detto di averlo ricevuto a sua volta da un'altra allieva prima di lei, e così via... Probabilmente è un'eredità che si tramanda da generazioni tra le candidate della scuola di addestramento.»

Cecille calcò il contorno del filo blu con un dito.

«Ognuna ha contribuito con le informazioni di cui era venuta a conoscenza. Probabilmente, l'idea iniziale era di realizzare una mappa con le coordinate necessarie alla fuga ma poi, a causa del fallimento del piano, l'autrice del ricamo, prima di essere eliminata, deve averlo lasciato a un'allieva di cui si fidava affiché perfezionasse la pianta aggiungendo sempre più dettagli, e così via fino a oggi.»

Krone guardava con espressione stupefatta il retro del ricamo. La consapevolezza che tante ragazze prima di loro avessero tentato con ogni mezzo di opporsi a quel sistema spietato la riempì di forza e motivazione. Nonostante fossero vissute in condizioni disperate in cui evadere era poco più di un miraggio, quelle ragazze non avevano rinunciato alla speranza. Di fronte alla dimostrazione di quella volontà ferrea, Krone fece un grande sospiro. Non sarebbero state solo lei e Cecille a correre verso la libertà, ma tutte le ragazze che negli anni avevano continuato a lottare senza mai arrendersi.

«Sono venuta a conoscenza delle informazioni sull'orologio da taschino della Nonna dalla stessa ragazza che mi ha lasciato il ricamo... Lei purtroppo non è riuscita a sottrarglielo ed è stata eliminata.»

Cecille parlava a bassa voce, nel suo sguardo si rifletteva un'ombra di tristezza e rimpianto. I suoi occhi gridavano in silenzio:

era stanca di dover dire addio alle persone che amava. Se fosse sopravvissuta, la ragazza avrebbe dovuto ripetere quell'esperienza ancora e ancora. E anche Krone non era disposta ad accettare di percorrere la via della sopravvivenza se fosse rimasta sola, senza Cecille.

Alle due sorelle era rimasta un'unica possibilità per sopravvivere insieme.

«Conta su di me, Cecille!» esclamò Krone con determinazione, lo sguardo fisso sul ricamo. «Scappiamo via da questo mondo schifoso! Sono sicura che noi due insieme possiamo farcela!»

Noi ce la faremo... Sopravvivremo!

Krone ribadì dentro di sé la promessa.

«Avanti la prossima! Numero 18684!»

Sentendo urlare il proprio numero, Krone tornò in sé e rispose a gran voce alla chiamata. Quando anche la sua avversaria fu chiamata, entrambe le allieve si diressero verso il materassino al centro della sala. Krone tirò qualche respiro profondo per scacciare i pensieri di poco prima e favorire la concentrazione. Il suo obiettivo nel breve termine sarebbe stato aumentare il proprio punteggio e farsi notare dalla Nonna per le proprie capacità.

«Ai posti...»

La sua avversaria era una ragazza poco più grande di lei, ma dalla corporatura piuttosto esile.

Posso farcela contro di lei...

Krone esultò silenziosamente dentro di sé. All'istituto si era sempre distinta per le sue doti fisiche, e in quanto a forza bruta non c'era nessuno che avesse potuto tenerle testa, neanche i fratelli maschi. La ragazzina era assolutamente certa di poter mettere al tappeto la rivale nel giro di pochi secondi.

«Via!»

Al fischio di inizio Krone si lanciò all'attacco.

Il primo punto del piano era afferrare l'avversaria per il colletto della divisa. A quel punto le avrebbe fatto perdere l'equilibrio e, un attimo dopo, l'avrebbe atterrata dichiarando così la fine dell'incontro.

Tuttavia le cose non andarono come aveva calcolato.

La sua opponente capì al volo le sue intenzioni e, dopo averla fatta avvicinare sufficientemente, schivò con prontezza il colpo scivolando di lato. Quando il suo affondo andò a vuoto, Krone cercò immediatamente di rimettersi in equilibrio ma, proprio quando stava per puntare il piede dietro di sé, l'altra anticipò la sua mossa e, con tempismo perfetto, le colpì la gamba con un attacco fulmineo, facendola sbilanciare all'indietro.

Maledizione!

Ciononostante Krone distese prontamente entrambe le braccia in avanti e riuscì ad afferrare i lembi della divisa della sua avversaria.

Sfruttando il peso del proprio corpo in caduta, Krone ne approfittò per tirare giù con sé anche la compagna. Quindi, facendo affidamento sulla sola forza delle braccia, la ribaltò sul fianco e le montò addosso immobilizzandola. La differenza di corporatura tra le due giocò a favore di Krone, che abbozzò involontariamente un sorriso, assaporando già la vittoria.

Tuttavia, in quel preciso istante, la ragazza messa al tappeto sferrò un colpo in pieno petto con il palmo della mano, usando tutta la forza che aveva in corpo. Non era stato un caso che avesse preso di mira quel punto, dove la ferita per l'operazione non era ancora del tutto cicatrizzata.

«Ugh!»

Krone si limitò a soffocare dentro di sé un grido di dolore, ma perse la forza nelle braccia, e la sua avversaria ne approfittò senza esitare. Afferrato l'avanbraccio, fece presa per rimettersi in piedi.

Quindi, senza mollare il colpo, si scagliò sull'articolazione della spalla, torcendogliela e tenendola premuta. Krone non solo era immobilizzata, ma respirava a malapena a causa del dolore acuto.

«Fine dell'incontro!»

La vincitrice si spostò rapidamente, liberando l'avversaria.

«...»

Guardando Krone, ancora stesa sul materassino con il braccio piegato all'indietro, con disprezzo, la ragazza piegò le labbra in un sorriso crudele.

«Tsk...»

L'espressione di scherno negli occhi dell'avversaria fece capire chiaramente a Krone la lezione: mai sottovalutare l'avversario.

La ragazzina trascorse il resto della lezione accasciata contro la parete nel tentativo di lenire il dolore al petto. Cecille le si avvicinò poggiando la schiena al muro.

«Secondo te perché hai perso?» le chiese schiettamente, bisbigliando con un filo di voce. Entrambe fissavano un punto nel vuoto davanti a loro.

Krone percepì nelle parole della sorella un leggero tono canzonatorio, e in tutta risposta si mordicchiò il labbro inferiore.

«Be'... Perché ha combattuto in maniera sleale!» rispose, infine, aggrottando le sopracciglia in un'espressione imbronciata.

La ragazzina era convinta che se l'attacco con il palmo della mano non avesse centrato i punti della ferita, senza dubbio sarebbe stata lei a ottenere la vittoria.

Cecille annuì.

«Esatto. Ha individuato il tuo punto debole e ti ha attaccato. Così ha vinto.»

La sorella si ravviò i capelli con una mano, rivolgendo a Krone uno sguardo furtivo.

«Nessuno ha detto che devi batterti lealmente... Hai capito?»

Cecille ribadì il concetto mettendo enfasi su ogni singola parola.

«Prima di tutto bisogna individuare il punto debole dell'avversario. E anche se, sulla carta, pensiamo di essere in una posizione favorevole, è necessario combattere senza mai abbassare la guardia, prendendo ripetutamente di mira proprio quei punti deboli.»

Un'ombra oscurò gli occhi blu di Cecille, mentre dava alla sorella più piccola un consiglio spietato.

«Faresti meglio a considerare queste esercitazioni come vere e proprie sfide di sopravvivenza in cui chi perde... è un passo più vicino alla morte.»

Krone sgranò gli occhi e deglutì.

In effetti, la ragazzina aveva percepito con chiarezza la determinazione dell'avversaria a ucciderla se fosse servito a sopravvivere. Per lei quella era stata una battaglia a costo della vita.

Dal giorno della dichiarazione della Nonna, la competizione tra allieve si era fatta ancora più spietata. Per quel motivo, anche se con il ricamo avevano un vantaggio, se non fossero state abbastanza abili sarebbero morte.

Ognuna delle candidate lottava disperatamente per sopravvivere, il minimo errore sarebbe stato loro fatale. Era di vitale importanza individuare i punti deboli delle avversarie e neutralizzarle prima di fare la medesima fine.

«Cecille...»

Krone alzò lo sguardo e poggiò la mano sinistra sulla destra, chiusa a pugno.

«La prossima volta non perderò.»

Al sussurro della ragazzina, Cecille si lasciò sfuggire una risata divertita.

«Ne sono certa!»

VI

Durante le pause tra una lezione e l'altra, Cecille e Krone portavano avanti il piano di evasione.

Quel giorno la più giovane, incaricata del bucato, era alle prese con la ripartizione nelle varie stanze di lenzuola, asciugamani e uniformi pulite. La preparazione dei pasti era un compito che spettava alle Sorelle adulte impiegate presso il quartier generale, ma le pulizie e il lavaggio del bucato facevano parte dei compiti assegnati alle allieve della scuola di addestramento.

I pasti venivano preparati in una sezione separata rispetto alla scuola e trasportati in mensa con un carrello. Il menù era sostanzialmente lo stesso riservato ai bambini dell'istituto. Tuttavia, a causa della distanza tra le cucine e la mensa stessa, i pasti caldi tendevano a raffreddarsi in fretta.

«...»

L'allieva accanto a Krone, senza proferire parola, estraeva i panni appena lavati dall'acqua. Illuminate dalla luce asettica della lavanderia, le allieve lavoravano instancabilmente senza un attimo di tregua. Davanti a quella scena, Krone non poté fare a meno di ripensare all'istituto, quando tutti insieme si davano da fare con le mani piene di schiuma. Il profumo della saponetta, l'odore delle lenzuola fresche stese ad asciugare al sole, le risate gioiose dei fratelli... Uno dopo l'altro cominciarono ad affiorarle nella testa ricordi felici di giorni nostalgici, ma la ragazzina soffocò quell'emozione stroncandola sul nascere: non era il momento di perdersi in sentimentalismi. Impegnata a piegare e organizzare la biancheria, Krone era alla ricerca di qualcosa di specifico.

Ma dov'è? si chiedeva, mentre frugava tra indumenti e asciugamani, tutti rigorosamente identici tra loro.

Ah, eccola!

Krone trovò finalmente ciò che stava cercando e, inserendo l'oggetto nella pila ordinata delle loro uniformi, si diresse verso le camere per distribuire il bucato pulito con aria disinvolta.

Arrivata l'ora di cena, Krone perlustrò con lo sguardo la mensa e si avvicinò a Cecille, già in fila con il vassoio.

«Missione compiuta» bisbigliò con un filo di voce.

«Perfetto.»

Quella sera, tornata nella propria stanza, Krone estrasse da sotto il cuscino la propria uniforme, pulita e piegata, e con essa ciò che aveva trafugato dal carrello del bucato. Si trattava dell'uniforme del personale di cucina. In quell'istante la maniglia della porta ruotò silenziosamente e Cecille si intrufolò all'interno della stanza.

«Complimenti, ottimo lavoro!»

La ragazza, lo sguardo raggiante, si sedette a gambe incrociate sul letto di Krone, la quale annuì mostrando con fierezza l'uniforme che era riuscita a sottrarre dalla pila di panni puliti.

«Prima fase completata!» esclamarono all'unisono, le voci perfettamente sovrapposte.

Abbandonare la struttura scolastica indossando l'uniforme grigia da apprendista era una missione a dir poco impossibile. In realtà, il piano originario prevedeva di sottrarre due uniformi da Sorella ma, anche ammesso che la quattordicenne Cecille fosse riuscita a passare inosservata, Krone con le sue fattezze da dodicenne era ancora troppo acerba, non se la sarebbe cavata di certo. Le due sorelle quindi avevano optato per prendere il posto di due addette alla cucina. Rispetto al vestito intero aderente da Sorella, l'uniforme del personale della mensa era più larga e inoltre, tra mascherina protettiva e cuffia in testa, la porzione di viso esposta era minima.

Conoscevano il percorso che collegava la mensa alle cucine e sapevano dove si trovava il passaggio che conduceva all'esterno.

Con quella divisa da addette alla mensa addosso, nessuno avrebbe dato troppo peso al fatto che si allontanassero dall'edificio scolastico.

«Tu, invece, che novità hai?»

Krone afferrò l'unica sedia della stanza e, trascinandola davanti alla sorella, ci si sedette sopra.

«Ho osservato per una settimana abbondante il comportamento delle guardie di sorveglianza. A quanto pare le ronde notturne si ripetono ciclicamente ogni tre ore, partendo dal primo piano e procedendo in senso orario.»

«Dato che le stanze non vengono chiuse a chiave dall'esterno, sarà sufficiente evitare di imbattersi faccia a faccia con loro. Uscire non dovrebbe essere un problema.»

«Rimane ancora da risolvere la questione delle telecamere di sorveglianza.»

Cecille era riuscita a verificare la presenza di telecamere di sorveglianza all'ingresso della scuola e immediatamente fuori dalla struttura.

«Non ho idea di dove si trovino i monitor collegati alle telecamere di osservazione. Sarebbe preferibile individuare i punti morti e passare da lì, ma se riuscissimo a disattivare il microchip dovremmo poter scappare indipendentemente dal fatto che ci riprendano. In fin dei conti, anche le guardie di sorveglianza lasciano le loro postazioni per brevi periodi» concluse Cecille con aria preoccupata, mentre si pettinava i capelli all'indietro.

Krone inclinò la sedia all'indietro e si mise a fissare il soffitto, prima di mormorare tra sé e sé: «E con oggi siamo una di meno...»

Una candidata che aveva accumulato troppe sconfitte durante le esercitazioni di combattimento, era stata bollata come elemento senza speranze.

"Hai fatto abbastanza."

Le parole perentorie della Nonna risuonavano ancora nella testa di Krone.

"Posso farcela! Non voglio morire!"

Il grido di morte della compagna, oltre alla paura iniziale, aveva fatto germogliare nel cuore di Krone un sentimento diverso... Ciò che le aveva oppresso il petto in quel momento era un lacerante senso di colpa, la crudele consapevolezza che la propria incolumità avrebbe significato la fine per un'altra persona.

«Eh, già...»

Annuendo con un debole cenno del capo, Cecille si scrollò i capelli dalle spalle.

«Dobbiamo sbrigarci a mettere in atto il piano fintanto che i numeri lo consentono. Man mano che diminuiremo, avremo gli occhi delle guardie sempre più puntati addosso, e le possibilità di farcela diminuirebbero considerevolmente.»

Poi, cingendosi il mento tra pollice e indice con aria pensierosa, la ragazza continuò.

«Inoltre non possiamo rilassarci, contando sul fatto che ci siano ancora parecchie candidate in lizza. Non possiamo escludere che decidano di assegnare l'unico posto disponibile anche domani, eliminando seduta stante tutte le altre.»

«Stai dicendo che non appena verrà annunciata la candidata promossa al ruolo di Sorella, tutte le altre saranno spedite?!»

A Krone bastò pronunciare quelle parole per essere attraversata da un brivido gelido. La decisione sarebbe potuta arrivare in qualunque momento, anche l'indomani.

Nella mente della ragazzina riaffiorò la scena a cui aveva assistito quel pomeriggio, ma anche quella del primo giorno in mensa.

L'indomani la stessa fine sarebbe potuta toccare anche a lei... E se ancora non fosse stato il suo turno, avrebbe comunque dovuto assistere ancora e ancora a quella crudeltà.

«Krone!» chiamò Cecille, rivolgendosi alla sorella scoraggiata.

Alzandosi con energia dal letto, si diresse verso l'altra, che si era abbandonata sulla sedia con la schiena curva, e le poggiò una mano sulla spalla.

«Forza, fatti coraggio. Ci sono io qui con te» concluse, senza staccare lo sguardo azzurro da Krone che, a quel punto, sollevò il viso verso quello della sorella. Sul punto di piangere, la ragazzina si sforzò di sorridere.

«Ma io sto bene...»

«Bugiarda! Ma se stavi per scoppiare in lacrime!»

Le due iniziarono a prendersi in giro come ai vecchi tempi e, tra una battuta e una risata, un pensiero fugace attraversò la mente di Krone.

Non so come avrei fatto senza Cecille...

Affondare gli altri per restare a galla... Lì dentro funzionava così.

«Ehi, tu.»

Dopo le esercitazioni quotidiane, una delle allieve più grandi rivolse la parola a Krone. Con lei non c'erano state molte occasioni di socializzazione, ma la ragazzina sapeva chi era: una candidata Sorella più grande di lei, di livello inferiore o al massimo uguale a lei nello sport, ma decisamente superiore in tutte le altre discipline.

«La Nonna ti sta cercando.»

A quelle parole Krone sgranò gli occhi e iniziò a balbettare.

«P... perché?»

«Non ne ho idea, ma ha detto di volerti vedere immediatamente» rispose l'altra con aria inespressiva.

Krone fece del suo meglio per non mostrare ciò che provava in quel momento, ma il cuore le palpitava all'impazzata nel petto.

Che abbia scoperto il piano?!

Si sentiva i crampi allo stomaco, ma fece il possibile per fingere tranquillità.

«Ho capito.»

Dette quelle parole, stava per dirigersi allo studio della Nonna, quando qualcosa l'aveva fermata.

«Krone, ferma! Non andare!»

Al suono di quell'ammonimento, Krone si voltò indietro meravigliata.

«La Nonna e gli altri sono in riunione. Se entri adesso in quella stanza...»

Cecille sollevò le sopracciglia con fare teatrale, e sfiorandosi la trachea mimò alla sorella un gesto più eloquente di mille parole.

«Kkh!»

La ragazza che aveva fermato Krone in corridoio schioccò sonoramente la lingua e si dileguò a passo svelto.

Da quella reazione la ragazzina comprese che si trattava di un inganno, una trappola per sbarazzarsi di lei.

«Grazie, Cecille.»

«Krone, si vede lontano anni luce che sei in apprensione.»

Al commento schietto di Cecille, Krone aggrottò le sopracciglia contrariata.

«Considerato quello che stiamo combinando, ho subito pensato di essere stata scoperta... E poi come avrei dovuto capire che si trattava di una trappola?!»

La sorella, stringendosi nelle spalle e sollevando l'indice, iniziò la sua spiegazione.

«Le persone accumulano informazioni con l'esperienza.»

«E questo che significa?»

Krone non riusciva a seguire il senso del discorso.

«Per esempio, quando quella tizia è venuta a dirti che la Nonna ti stava cercando, parlava a voce molto bassa e, invece di guardarti negli occhi, fissava la fine del corridoio. Questo perché temeva di essere scoperta dagli altri insegnanti. Se veramente la Nonna le avesse chiesto di venire a chiamarti, non credi che lo avrebbe fatto con aria molto più spavalda? Quando la Nonna manda a chiamare qualcuno, in genere, non è per dispensare complimenti...»

«Ah...»

In quel momento, Krone comprese la ragione della sensazione di disagio che l'aveva colta all'inizio della conversazione con la ragazza. Aveva percepito inconsciamente le sue cattive intenzioni.

«Inoltre, se ci pensi, il suo sguardo puntava in alto, verso destra. Probabilmente stava riflettendo su come rispondere alle tue domande risultando credibile. Quando le persone dicono la verità, in genere guardano l'interlocutore dritto negli occhi o, al massimo, in alto a sinistra.»

Atteggiamento, traiettoria dello sguardo, battiti delle ciglia, linguaggio del corpo, sudorazione, movimento delle pupille, frequenza cardiaca...

Cecille elencava, contando sulla punta delle dita, gli stili di comunicazione che conosceva.

«Le persone hanno infiniti mezzi per comunicare, al di là della semplice parola. Ogni dettaglio è essenziale a mettere a nudo le intenzioni dell'interlocutore.»

A quel punto, alzò lo sguardo verso Krone e le rivolse un sorriso arguto.

«Ecco perché, quando diciamo una bugia, condiamo il racconto di elementi reali o quantomeno verosimili. In questo modo, convinciamo il nostro stesso cervello che stiamo raccontando la verità, e non mostriamo troppi segnali di insicurezza.»

Krone annuì profondamente alle parole di Cecille.

«Ho capito. Insomma, ingannando noi stessi possiamo ingannare anche gli altri.»

«Esatto.»

Da quel momento, Krone iniziò a prestare grande attenzione agli aspetti non verbali nelle interazioni con gli altri, ogni volta che parlava con qualcuno.

VII

Con il passare dei giorni, Krone affinava sempre di più le proprie capacità di sopravvivenza in quel nuovo mondo. Il suo approccio era ormai impeccabile non solo per quanto riguardava lo studio e le esercitazioni di combattimento, ma anche nella gestione della vita quotidiana alla scuola di addestramento. Non abbassava mai la guardia e prestava sempre la massima attenzione a ciò che accadeva intorno a lei. Davanti agli insegnanti si mostrava sempre preparata e diligente, e nel mentre osservava a fondo il comportamento delle altre allieve, ne analizzava la personalità e le abitudini. Alcune candidate Sorella erano più inclini all'aggressività e all'antagonismo spietato, altre interagivano a malapena. Krone studiò le inclinazioni caratteriali di ciascuna tracciando una mappa mentale dei loro punti deboli.

Da quando era arrivata, ben tre allieve tra le più giovani erano state eliminate. In un certo senso, tutto ciò era considerato fisiologico.

Le ragazze della scuola di addestramento avevano tra i dodici e i sedici anni. Anche se si trattava di bambine eccezionalmente intelligenti, raccomandate dalle rispettive Mamme per le competenze dimostrate all'istituto, era quasi impossibile avere la meglio contro le allieve più esperte.

I primi a essere eliminati sono sempre i più deboli.

Le ultime arrivate venivano prese subito di mira, sia durante le esercitazioni in palestra che nella vita di tutti i giorni. Durante gli incontri di lotta subivano attacchi che spesso sfociavano nella totale scorrettezza, venivano ostacolate a scuola, prese in giro in ogni modo a mensa e nel tempo libero. Una volta stabilito il capro espiatorio, gli attacchi continuavano a ripetizione.

Non era concessa la minima distrazione. Le allieve della scuola di addestramento non potevano contare su nessun alleato. Dopo aver trascorso anni sereni potendo contare sulla complicità con i fratelli dell'istituto, quella era forse la parte più amara della loro nuova vita, ancora più dura dell'addestramento in sé.

Certamente la presenza di Cecille era stata di grande aiuto, ma una parte del merito andava anche a Krone, che era stata in grado di integrarsi molto velocemente, rispondendo agli attacchi subdoli in maniera pronta ed efficace e dimostrando, così, alle veterane della scuola che, nonostante la giovane età, lei non sarebbe stata una facile preda dei loro attacchi.

Anche per Cecille l'arrivo di Krone era stato motivo di immensa gioia. Alla scuola di addestramento il fatto di poter contare su qualcuno non era affatto scontato. Le probabilità di incontrare un'allieva proveniente dallo stesso istituto erano molto basse, e instaurare un rapporto di fiducia con delle sconosciute in quelle condizioni era pressoché impossibile. Anzi, il rischio di esporsi eccessivamente era un enorme deterrente.

Ogni singola allieva, alla scuola di addestramento, era un potenziale nemico e, per questo motivo, ciascuna candidata Sorella combatteva da sola contro tutte le altre. Loro due erano state le uniche in grado di stringere una potente alleanza contro l'intero sistema.

Nel piano di addestramento figuravano anche conoscenze in campo medico e varie tecniche di pronto soccorso.

Di norma era la Mamma che si occupava di curare i bambini all'istituto. In caso di ferite importanti, i malati sarebbero stati trasferiti presso le strutture ospedaliere del quartier generale, tuttavia la cosa non era auspicabile, dal momento che la scoperta dell'esistenza del quartier generale avrebbe reso impossibile la reintegrazione dei bambini nell'allevamento di provenienza.

Quindi, per quanto possibile, le cure mediche dovevano essere prestate all'interno delle fattorie. Una Mamma era tenuta ad allevare e consegnare prodotti di ottima qualità, per cui doveva assicurarsi che il corpo dei bambini non andasse incontro a traumi o ferite troppo gravi. Per questa ragione, fin dai primi anni di addestramento, le candidate Sorella ricevevano nozioni mediche.

Dall'alto della pedana, l'istruttrice illustrava il tema della lezione del giorno: le tecniche di iniezione.

«Diversamente da un prelievo, l'inoculazione dell'anestesia locale avviene sottopelle. Anche l'ago della siringa va scelto in base all'utilizzo.»

Tra le allieve c'era chi, ancora alla prime armi, impugnava goffamente l'attrezzatura medica, e chi invece maneggiava con cognizione di causa l'armamentario a disposizione.

«Ora passerò tra i banchi a controllare i preparativi del siero nella siringa e l'iniezione nel modellino.»

L'insegnante si aggirava tra i tavoli con in mano il registro per annotare i voti. Controllava ogni singolo dettaglio: la siringa, il cotone disinfettante, i guanti, persino la disposizione del secchio dei rifiuti. Poi esaminava se l'anestetico era stato preparato con il farmaco corretto e la quantità di liquido inserito nella siringa.

L'allieva seduta al banco accanto guardava con aria insistente il materiale preparato da Cecille e, non appena quest'ultima ebbe distolto l'attenzione dal proprio piano di lavoro per un attimo, rubò la fiala di anestetico, la stappò e la gettò nel secchio dei rifiuti ai piedi del tavolo. Vedendo il liquido riversarsi nel secchio, un sorriso perfido si dipinse sul volto della ragazza.

Nel frattempo l'istruttrice proseguiva il giro di controllo. Giunto il suo turno, Cecille si abbassò come per allacciarsi le scarpe.

«Numero 72684.»

La ragazza, dopo aver risposto prontamente all'appello, teneva tra le mani il necessario: nella destra impugnava la siringa e nella sinistra la fiala con il liquido anestetico.

Eh? Com'è possibile?

L'allieva che aveva cercato di sabotarla era confusa. Era convinta di aver gettato quella fiala! E, in effetti, quando lanciò un'occhiata al secchio dei rifiuti sotto il tavolo, l'ampolla vuota era ancora lì. Era decisamente turbata, ma se l'avesse dato troppo a vedere sarebbe stata smascherata, così si limitò a osservare attentamente Cecille mentre veniva valutata dall'istruttrice, con nonchalance.

«Bene, promossa.»

Alle spalle dell'insegnante, che nel frattempo aveva proseguito il giro, Cecille sollevò la fiala vuota e, rivolgendosi alla sua vicina di banco, disse con aria beffarda: «Uh! Uh! Qualcosa non va?»

L'altra, che ancora non aveva capito cosa fosse successo, restituì alla ragazza un'occhiata rancorosa.

«Ma come è possibile?» mormorò a denti stretti.

«Uh? Me l'ha prestata una persona gentile» bisbigliò in risposta Cecille, un guizzo sagace negli occhi, accarezzando con l'indice la fiala di vetro.

Colta allora da un brutto presentimento, la ragazza spostò lo sguardo sul proprio tavolo da lavoro e si accorse che la fiala che aveva preparato per la dimostrazione non era più al suo posto. Un brivido gelido le percorse la schiena, e proprio in quel momento avvertì un'ombra incombere su di lei. L'insegnante era lì, immobile davanti a lei, in attesa di valutare la sua prova.

«Tocca a te, puoi iniziare.»

All'esortazione severa dell'istruttrice l'allieva, pietrificata dal terrore, si limitò ad articolare qualche suono sconclusionato. Concentrata nel sabotare l'esame della compagna, non si era accorta che qualcuno le aveva sottratto la fiala da sotto il naso.

Quando Cecille aveva finto di doversi allacciare la scarpa, in realtà si era chianata a raccogliere da terra una fiala che era rotolata fino alla sua postazione.

Cecille e Krone, sedute ciascuna a un lato della ragazza, si scambiarono un'occhiata di intesa.

VIII

Quell'alleanza portò grandi vantaggi non solo durante le lezioni in classe, ma anche in occasione delle esercitazioni nel combattimento.

«La vedi quella? Non è molto forte negli attacchi da sinistra. Però fai attenzione ai suoi calci.»

«Okay» rispose Krone, praticamente senza muovere le labbra.

La ragazzina aveva dato prova di grande abilità nel combattimento ottenendo ottimi voti, ancora di più che nelle altre materie. Dotata al tempo stesso di grande agilità e resistenza, possedeva una corporatura adatta alle discipline fisiche. Inoltre, osservando attentamente le proprie avversarie, metteva a punto strategie di attacco e difesa per volgere a proprio favore i loro punti deboli.

«Urgh!»

Krone sovrastò la sua rivale, impedendole di sfoderare il suo calcio vincente, e nel giro di pochi secondi se la caricò sulla schiena e la mise al tappeto con un colpo di spalla.

Dopo aver steso facilmente la prima avversaria, si presentò la sfidante successiva. Era la stessa ragazza dalla corporatura esile che durante la sua prima esercitazione era riuscita a sconfiggerla. Ma Krone aveva imparato la lezione, e quella volta non avrebbe sottovalutato il suo aspetto fisico commettendo lo stesso errore del primo incontro. Allo stesso modo, la ragazza era consapevole dei progressi dell'altra dal loro ultimo incontro, e dal suo sguardo non lasciò trasparire la minima presunzione.

«Via!»

Al segnale d'inizio, Krone si lanciò contro l'avversaria con la stessa carica della volta precedente, lasciando la compagna allibita. Era convinta che l'altra avesse imparato a riflettere con maggior prudenza prima di attaccare, invece aveva mostrato lo stesso identico approccio.

«Principiante...»

Così dicendo, fece per schivare il colpo esattamente come la volta prima, ma in quel preciso istante si accorse di una cosa: una delle gambe della sua opponente si stava dirigendo proprio nel punto in cui lei si stava spostando per evitare il colpo.

In men che non si dica Krone la colpì in pieno, sferrandole un calcio potentissimo.

«Ugh...»

La ragazza fu spazzata via e finì a terra. In fretta e furia si rialzò, ma a quel punto Krone l'afferrò prontamente per l'avanbraccio e le immobilizzò da dietro l'articolazione della spalla, dando vita a una scena a ruoli invertiti rispetto alla volta precedente.

«Ggh!»

In quanto a forza fisica Krone era decisamente superiore, così lasciò appena la presa prima di ferirla seriamente. Quindi si avvicinò alla testa della giovane stesa a terra e le sussurrò all'orecchio: «Non sottovalutarmi...»

Tornando in fila con le altre allieve, Krone passò accanto a Cecille che, senza distogliere lo sguardo dal muro dinanzi a sé, si complimentò con la sorella in un bisbiglio.

«Ben fatto.»

«Te l'avevo detto, no?»

Krone sollevò leggermente gli angoli della bocca.

«"La prossima volta non perderò."»

Le due si scambiarono, con un gesto impercettibile, un pugno contro pugno per celebrare la vittoria.

L'avanzata di Cecille e Krone ai vertici della graduatoria proseguiva senza sosta. Avevano surclassato le compagne ottenendo il massimo dei voti in classe e collezionando vittorie su vittorie nelle esercitazioni fisiche. Tutti i tentativi di sabotaggio messi in atto dalle altre candidate Sorella venivano puntualmente sventati, così le altre allieve erano state costrette a farsi strada combattendo onestamente e servendosi solo delle proprie capacità. Nel momento in cui la battaglia divenne una prova di abilità, Cecille e Krone riuscirono a mostrare ciò di cui erano capaci veramente.

E così, all'esercitazione successiva, l'istruttrice chiamò i loro numeri.

«Numero 18684 e 72684. Venite avanti!»

Nel sentirsi chiamare contemporaneamente, le due sorelle furono colte di sorpresa, ma si limitarono a scambiarsi un'occhiata fugace.

Devo combattere contro Cecille...

Da quando Krone era arrivata alla scuola, non aveva mai dovuto affrontare la sorella in combattimento.

Cecille, immobile davanti a lei, la osservava senza lasciar trapelare alcuna emozione. Fissava la sua avversaria con la freddezza glaciale che avrebbe riservato a una delle tante novelline appena arrivate alla scuola di addestramento.

Per non essere da meno, anche Krone prese a lanciare occhiate di fuoco in direzione della sorella. Era lo sguardo di una giovane allieva che da un lato temeva il confronto con una compagna più grande ed esperta, ma dall'altro era disposta a lottare fino alla fine.

Al segnale di inizio, la distanza tra le due si assottigliò immediatamente.

«Ah!»

L'attacco di Cecille era reale. Probabilmente se avessero finto, l'istruttrice lì presente o la Nonna in piedi lì dietro le avrebbero sicuramente smascherate. In fondo, erano pur sempre adulte sopravvissute a quel posto…

Ecco perché non avevano altra scelta se non battersi realmente.

«Ggh…»

Krone, dal canto suo, rispondeva bene agli attacchi. Schivò con prontezza il colpo di Cecille e, afferratole il braccio, tentò di metterla al tappeto. L'altra attaccava la sorella senza remore, perfettamente consapevole che era in grado di difendersi adeguatamente. Allo stesso modo, Krone era a conoscenza delle capacità di Cecille, e reagiva agli attacchi senza risparmiarsi.

Per entrambe, si trattava di un confronto onesto, al massimo delle potenzialità di ciascuna.

Cecille, sfruttando un istante di incauta disattenzione dell'avversaria, le colpì entrambe le gambe con un calcio, facendole perdere l'equilibrio. Krone si ritrovò sospesa a mezz'aria e cadde rovinosamente a terra.

La sorella maggiore tirò un respiro profondo, quindi si sistemò la divisa e lanciò un'occhiata di sufficienza alla sua rivale, al tappeto. Fine dell'incontro.

«Dannazione!»

Mentre, mostrando i denti, si lasciava sfuggire quell'imprecazione, avvertì l'impulso irrefrenabile di sorridere, mentre pensava, ammirata, che la sorella maggiore era davvero forte.

«Secondo me, io e te insieme potremmo tranquillamente ottenere il posto di Mamma… Non credi?» sussurrò Krone all'orecchio di Cecille, mentre si avviavano verso le loro stanze a fine giornata.

A quelle parole, l'altra strabuzzò gli occhi.

«Ma che dici? Se non siamo ancora nemmeno Sorelle!» esclamò Cecille, ridacchiando divertita. «Però… forse hai ragione.»

A quelle parole, Krone sentì il macigno che le opprimeva il petto sollevarsi di un po'. Non avevano rivali davanti a sé. Il pensiero che loro due insieme avrebbero potuto farcela spazzò via le ansie che attanagliavano il suo cuore dal giorno in cui era arrivata alla scuola.

IX

Cecille e Krone trascorrevano le serate a chiacchierare, a volte nella stanza dell'una, a volte in quella dell'altra. La più giovane, seduta sul letto, ascoltava gli sviluppi del piano a braccia conserte.

«È di vitale importanza trovare il modo di mettere le mani sull'orologio da taschino della Nonna.»

Cecille rifletteva seduta sulla sedia, pettinandosi i capelli all'indietro.

«Mmh… Come possiamo fare per rubarglielo?»

«Non se ne separa mai, eh?»

Krone sollevò le gambe, per poi incrociarle.

Se fossero state accidentalmente scoperte a frugare tra le cose della Nonna, con ogni probabilità sarebbero state trucidate all'istante, senza neanche ricorrere alla spedizione.

«Abbiamo bisogno di raccogliere più informazioni sui movimenti della Nonna.»

«Dobbiamo scoprire che cosa fa durante la giornata. I suoi orari, le sue abitudini…»

Krone si sdraiò lunga sul letto e, fissando immobile il soffitto, domandò a Cecille: «Tu che cosa vorresti fare una volta fuori di qui?»

La ragazza, colta di sorpresa dalla domanda improvvisa, rivolse alla sorella un'occhiata perplessa.

«Che ti prende, all'improvviso?»

«Ne parlavamo spesso all'istituto. Parlavamo di cosa avremmo voluto fare una volta che fossimo stati adottati...»

Smarrita nei ricordi, Krone si lasciò sfuggire una risata. Il letto rigido, il soffitto gelido... Niente ricordava l'atmosfera che regnava all'istituto, ma il fatto di poter chiacchierare così spensieratamente con la sorella le diede l'impressione di essere tornata indietro nel tempo.

Krone iniziò a fantasticare senza aspettare la risposta di Cecille.

«Allora, io vorrei provare un sacco di sport! Esercitarmi e diventare fortissima. Anzi, no! Vorrei proprio essere la campionessa del mondo, ecco! E poi le mie interviste apparirebbero sui giornali e diventerei ricca sfondata! Infine riceverei la proposta di matrimonio di un principe bello ed elegante e sarei una mamma amorevole!»

«Krone, non ti sembra un po' troppo?» chiese l'altra, scoppiando a ridere divertita. «Io invece...»

Cecille stava per iniziare a raccontare, ma si interruppe prima ancora di cominciare.

«No, lasciamo stare» tagliò corto, dopo un attimo di silenzio, scuotendo la testa.

«Ehi, non è giusto! Tocca a te raccontare adesso!»

Krone rotolò nel letto allungando un braccio verso Cecille e le strattonò la manica della divisa. La sorella maggiore, divertita dalla reazione della più piccola, oppose una blanda resistenza, quindi scansò la mano della ragazzina e si arrese alle sue insistenti richieste.

«Io... ho sempre voluto diventare come te...»

Dicendo quelle parole, si toccò una ciocca di capelli.

«Ecco perché sognavo di tingermi i capelli di nero e di farmi una permanente appena avessi lasciato l'istituto.»

«Stai scherzando, vero?!» esclamò Krone, perdendo il controllo della propria voce.

Cecille fece segno alla sorella di non urlare.

«E pensare che io avrei tanto voluto avere capelli biondi e lisci come i tuoi!»

«I tuoi capelli voluminosi sono più belli! I miei sono così piatti, attaccati alla testa... Non mi piacciono.»

«Ma che dici? È assurdo!»

Krone si alzò in piedi e iniziò a scompigliare con le mani i capelli di Cecille, mentre quest'ultima cercava di scappare, intimandole tra le risate di smetterla. Una volta che si fu alzata dalla sedia e si fu risistemata, si sedette a sua volta sul letto e si abbandonò all'indietro.

«Non mi riferisco solo all'aspetto fisico... Quando all'istituto mi prendevano in giro, tu ti schieravi sempre dalla mia parte e lottavamo insieme. Era bello avere un'alleata.»

Krone ritornò con la mente ai giorni trascorsi insieme all'istituto. Ammirava il coraggio e lo spirito combattivo di Cecille. Non sapeva che la sorella maggiore avesse questa opinione di lei. Tra le due, era convinta di essere lei a fare da spalla all'altra, e non il contrario. Krone si raggomitolò nel letto e ridacchiò guardando l'amica, sdraiata lì accanto.

«Sono sicura che i bambini ti prendevano di mira perché, in realtà, erano interessati a te...»

«Ah! Ah! Ah! Certo che i maschi sono proprio scemi!»

Le due risero di gusto, dopodiché calò su di loro un silenzio ingombrante. Entrambe fissavano il soffitto, ognuna persa nei rispettivi ricordi. Anche se non se lo dissero a parole, entrambe sapevano di avere lo stesso pensiero in testa, in quel momento.

Lui, e anche lui... Ormai nessuno di loro fa più parte di questo mondo.

«Secondo te, se non fosse esistita la scuola di addestramento e avessimo potuto vivere davvero nel mondo esterno... saremmo potute diventare ragazze come tutte le altre?»

Alle parole di Cecille, Krone non riuscì a trattenere una risatina sotto i baffi.

«Di quelle che indossano vestiti carini, per esempio?»

«Sì, oppure non so… Che conoscono un ragazzo, si innamorano… Insomma, che fanno cose normali!»

Entrambe scoppiarono a ridere all'unisono.

Tutte e due erano fin troppo consapevoli dell'irrealizzabilità di quel sogno. Anche se il piano di fuga avesse funzionato, avevano perso ormai per sempre la loro innocenza e vivere una vita spensierata come due ragazze normali non era più un'opzione. Solo in quei rari momenti era concesso loro di ridere e scherzare come due comuni adolescenti.

X

Fatta eccezione per la questione dell'orologio da taschino, i preparativi per la fuga procedevano spediti finché, un giorno, un incidente del tutto inaspettato scosse gli equilibri alla scuola di addestramento.

«Non c'è?»

Quella mattina una delle allieve della scuola non si presentò all'appello di routine. L'istruttrice si fiondò nella sua stanza per verificare se fosse ancora a letto, ma della giovane non c'era neanche l'ombra.

«Formate una fila al piano terra e non muovetevi fino a nuovo ordine!»

Krone e le altre ragazze del primo piano formarono una fila e scesero la scala che portava al piano inferiore, dove le allieve erano già riunite in formazione. Nel trambusto, la ragazzina riuscì a individuare Cecille e a lanciarle un'occhiata eloquente che la sorella maggiore ricambiò.

Che qualcuno ci abbia preceduto?

Cecille e Krone non erano le uniche spiazzate dall'accaduto. Nessuna delle allieve osava emettere un fiato, ma le espressioni sui loro volti trasudavano sconcerto.

Dal fondo del corridoio che conduceva agli alloggi del personale, si udì un rumore di tacchi, poi la Nonna, probabilmente avvertita dell'accaduto dall'istruttrice, fece la sua comparsa. Le allieve, trovandosi al cospetto dell'austera figura dal lungo abito nero, trattennero il respiro.

«E così ieri sera era in camera sua» affermò la Nonna, verificando con la Sorella istruttrice al suo fianco le informazioni ricevute, mentre estraeva dalla tasca l'orologio dorato. Pochi istanti dopo, un'altra Sorella irruppe nella stanza e bisbigliò qualcosa all'orecchio della Nonna.

«L'avete trovata?»

Krone sgranò gli occhi.

Di già?!

Dal momento in cui era stata accertata la scomparsa al ritrovamento era passato molto meno tempo di quanto Krone si sarebbe mai aspettata. Il chip impiantato nel loro petto e collegato all'orologio della Nonna era in grado di rivelare in tempo reale la loro posizione.

«Tempismo perfetto...»

Con quelle parole, la donna fece scorrere lo sguardo sulle allieve allineate al suo cospetto.

«Seguitemi tutte.»

La Nonna condusse le ragazze in una delle stanze di osservazione in cui erano installati i monitor collegati alle videocamere di sorveglianza. In uno degli schermi si intravedeva un'ombra grigia che si muoveva in preda all'agitazione. Era la ragazza mancante all'appello.

«E adesso osservate attentamente.»

La voce perentoria della donna rimbombava nel silenzio della stanza. La luce dei monitor alla sua destra proiettava sul suo volto un'ombra inquietante.

Lo sguardo incollato agli schermi, Krone studiava con la massima attenzione ogni singolo movimento della ragazza. Mille interrogativi si accavallavano nella sua mente in quel momento. Fin dove sarebbe riuscita ad arrivare? Aveva trovato un modo per disattivare il microchip? Oppure esisteva un'altra via per evadere da quell'inferno?

Improvvisamente, davanti agli occhi atterriti di tutte le allieve, sul monitor apparve nitido il confine che divideva il territorio del quartier generale dal mondo esterno.

D'un tratto la ragazza arrestò il passo e il suo corpo tremò, come se qualcosa l'avesse attraversata dalla testa ai piedi. Le sue gambe, fino a un secondo prima in corsa, incespicarono, incapaci di sostenere il corpo. La sagoma grigia giaceva inerme a pochi passi dal confine, finché non fu raggiunta da uno dei demoni di guardia che la raccolse da terra come fosse un cumulo di spazzatura.

«...»

Davanti a quella scena, il volto delle ragazze sbiancò. Nei mesi era capitato ripetutamente di presenziare alla spedizione o all'espulsione di altre allieve, ma era la prima volta che assistevano in diretta alla brutale uccisione di una di loro.

Era facile immaginare sé stesse nei panni di quella ragazza, la stessa identica uniforme addosso. Krone sentì il proprio cuore, che ospitava lo stesso identico microchip, iniziare a batterle in petto con ferocia.

Il piano di fuga, che fino a pochi istanti prima le era sembrato ben architettato, improvvisamente non le parve altro che una mera scorciatoia verso la morte. In un solo istante sentì tutte le speranze di cui si era riempita la testa abbandonare il suo corpo.

Quel giorno alla scuola di addestramento regnò un'atmosfera più cupa e opprimente del solito. Per Krone, che stava segretamente mettendo a punto un piano di evasione, quell'episodio acquisiva un significato ancora più profondo. Normalmente, anche dopo una lunga giornata di lezioni ed esercitazioni pratiche, le rimanevano energie sufficienti, ma quel giorno si sentì esausta già dalla mattina, al punto che fece fatica a rimanere in piedi. All'ora prestabilita si diresse verso la sala da bagno comune per fare la doccia come ogni sera, ma si sentiva così debole che sarebbe filata volentieri a letto senza neanche lavarsi.

«...»

Nella sua testa la scena a cui aveva assistito quella mattina si ripeteva all'infinito: il corpo della ragazza tremava e stramazzava a terra ancora e ancora.

Nella stanza delle docce c'erano ancora alcune allieve del turno precedente. Tra loro, Krone scorse Cecille che, nello spogliatoio, si stava mettendo abiti puliti. La ragazzina, con la scusa di appoggiare il proprio cambio, si posizionò davanti all'armadietto accanto.

«Cecille...»

La sua voce tremava al punto da farle impressione.

«Mi sa che è impossibile...»

«...»

In un primo momento la ragazza non rispose. Asciugandosi i capelli bagnati con l'asciugamano, rimase a fissare il vuoto davanti a sé con sguardo assorto.

«Krone, se abbandoniamo ora il piano di fuga non ci resta alcuna possibilità di sopravvivere insieme» mormorò, infine.

Krone ne era consapevole... D'altronde lo scenario che si prospettava loro somigliava più che altro a un tentativo di suicidio congiunto. Un'alternativa sarebbe stata rinunciare all'evasione e puntare tutto sulla speranza di essere graziate e assegnate ad altri ruoli, anche nel caso in cui non fossero state scelte per ricoprire l'unico ruolo di Mamma. Oppure, attendere che le acque si calmassero e rimandare l'attuazione del piano.

Cecille si girò di lato e le rivolse un sorriso.

«Stai tranquilla. Noi due insieme possiamo farcela.»

Dal tono di voce, sembrava che Cecille stesse cercando, in primo luogo, di convincere sé stessa. Krone ricambiò lo sguardo della sorella, non poté fare a meno di aggrottare le sopracciglia di fronte a quel sorriso forzato.

«Non te lo nascondo, anche io sono stata tante volte sul punto di rinunciare. Quando ho ricevuto il ricamo dall'allieva che ci ha preceduto, ho pensato che evadere fosse un'idea totalmente folle, impossibile da realizzare da soli. Però non volevo rendere vani gli sforzi delle altre ragazze prima di me… Ero disperata.»

Per la prima volta da quando era arrivata alla scuola di addestramento, Krone sentì una lamentela fuoriuscire dalla bocca di Cecille.

«Poi un giorno sei arrivata tu. Ero così felice di sapere che eri sopravvissuta e, soprattutto, di aver trovato un'alleata qui.»

Come se quelle parole l'avessero rassicurata, la ragazza sorrise.

«Perciò io non voglio rinunciare proprio ora! Se adesso lasciamo perdere tutto e tu dovessi essere spedita, io non potrei mai perdonarmelo.»

Anche Krone sentiva esattamente le stesse cose e, senza nemmeno rendersene conto, si lasciò scappare una risata.

«Che c'è?» domandò Cecille, perplessa.

A quella domanda, Krone stuzzicò la sorella.

«No, niente. Solo mi fa ridere il fatto che tu sembri così sicura di te stessa. Come se fosse già stabilito che sarai tu, tra di noi, a ricoprire il ruolo di Sorella.»

A quella frecciatina, Cecille tornò indietro con il pensiero per ricordare le parole pronunciate poco prima. Quindi ribatté in tono scherzoso, dandosi arie in linea con l'affermazione fatta in precedenza.

«Be', ma certo!»

«Wow, quanta presunzione!»

Tra una battuta e l'altra, le due stemperarono la tensione. Stare sole con i propri pensieri non aveva fatto altro che alimentare il timore di non riuscire ad attuare il piano di evasione, ma condividere le proprie ansie le aveva aiutate a ricaricarsi di energia positiva.

«Ci vediamo domani, Krone» disse Cecille, con le cose da lavare tra le braccia.

Krone, data risposta affermativa con un ampio cenno del capo, si stava sfilando la casacca della divisa, quando si bloccò all'improvviso.

«Senti, Cecille… ho avuto un'idea.»

Con la divisa ancora in mano, si voltò in direzione della sorella.

«Forse so come rubare l'orologio dorato della Nonna.»

A quelle parole, Cecille spalancò i grandi occhi azzurri.

XI

L'evasione era stata programmata per la notte di venerdì, il giorno in cui Krone sarebbe stata di turno per il bucato insieme a qualche altra allieva della scuola. La lavanderia era adiacente alla sala da bagno e collegata direttamente al corridoio. All'interno del quartier generale c'erano diverse sale da bagno, ma Krone sapeva che ogni venerdì sera, terminata la riunione presso la scuola di addestramento, la Nonna avrebbe usufruito di quella stanza.

Impossessarsi dell'orologio da taschino era un'opera ardua, dato che la donna lo portava sempre con sé. Ma avrebbe dovuto necessariamente separarsene almeno per il tempo di una doccia.

Krone, fingendo di dover ritirare la biancheria da lavare, aprì la porta della stanza delle docce, ma qualche altra allieva era già passata a ritirare i panni. La ragazzina fu colta da un attimo di nervosismo così forte che non riusciva nemmeno a respirare, mentre il suo cuore batteva all'impazzata.

Devo stare calma... Se qualcuno dovesse scoprirmi basterà dire che ero venuta a ritirare il bucato.

L'orologio della Nonna era lì, nell'armadietto dello spogliatoio insieme all'asciugamano. Krone gettò uno sguardo alla porta in fondo alla stanza. Sapeva che oltre c'era la stanza da bagno, ma era difficile stabilire cosa stesse accadendo. Non c'era tempo da perdere, bisognava agire in fretta.

Senza esitare ulteriormente, Krone allungò una mano e afferrò il pesante orologio, quindi lo nascose tra la biancheria che reggeva in mano e si precipitò fuori dalla stanza. Entrata in lavanderia, Krone prese tra le mani l'orologio con il quale avrebbe potuto disattivare il microchip impiantato nel suo petto. Concentrandosi per rimanere lucida, la ragazzina fece un respiro profondo e aprì l'orologio.

«Ma... Che significa?!»

Il quadrante sotto il coperchio era uno schermo su cui era proiettata una mappa stilizzata all'interno della quale diversi punti lampeggianti si muovevano indicando la loro posizione attuale. Non c'era nessun pulsante o comando per interagire con il funzionamento del chip. Niente di niente.

A quella scoperta, Krone impallidì.

L'orologio non serve a disattivare il microchip! Devo correre ad avvertire Cecille e ad annullare il piano!

Dopo un istante di esitazione, la ragazzina ritenne più saggio rimettere l'orologio tra gli indumenti della Nonna. Se fosse riuscita a rimetterlo a posto senza farsi scoprire, il piano si sarebbe concluso con un insuccesso, ma almeno non ci sarebbero state conseguenze per loro. In un secondo momento avrebbero ideato un nuovo piano di fuga.

Krone si precipitò per il corridoio e aprì la porta della stanza delle docce, ma ormai era vuota, non c'era più nessuno.

Oh, no…

Le sue mani iniziarono a sudare, mentre cercava in tutti i modi possibili di rimanere calma e di concentrare l'attenzione sul da farsi. Non potendo rimettere l'orologio a posto, avrebbe quantomeno dovuto fare in modo di allontanare da sé ogni possibile sospetto.

Krone era combattuta, non riusciva a decidere se fosse meglio gettare l'oggetto da qualche parte e fare finta di niente, oppure confrontarsi con Cecille prima che la verità venisse fuori in modo irreparabile.

Va bene, per prima cosa devo vedere Cecille…

Era il momento di fare un passo indietro.

«Krone!»

Davanti a lei, in piedi nell'asettico corridoio decorato solo dalle tubature a vista, c'era Cecille. Nel vederla, Krone provò un senso di sollievo talmente grande da rischiare di scoppiare in lacrime all'istante.

«Cecille!»

Stava già correndo in direzione della sorella, quando le sue gambe si arrestarono per lo stupore.

Dall'angolo del corridoio, una figura nera si stava avvicinando a Cecille.

«No… Nonna?»

La donna si fermò al fianco di Cecille.

Krone rimase paralizzata, come se fosse stata colpita da una secchiata di acqua gelida.

Siamo state scoperte! Il piano è fallito!

Davanti agli occhi di Krone immediatamente si proiettò l'immagine di loro due che venivano spedite e morivano...

Finché Cecille non aprì bocca.

«Nonna, è stata lei a rubare il tuo orologio. Numero 18684, Krone» disse la ragazza in tono piatto, continuando a fissare l'altra senza lasciar trasparire la minima emozione.

«Che...»

Krone non poteva credere alle sue orecchie.

Che cosa ha appena detto Cecille?

Cercò di fare ordine nella propria testa per capire meglio la situazione, ma il suo cuore si rifiutava di accettare ciò che era lì davanti ai suoi occhi.

«C... Cecille?»

La sorella non rispose. Si limitava a guardarla con occhi glaciali e impassibili.

A quel punto intervenne la Nonna.

«Numero 18684, Krone. Apri immediatamente la mano.»

La Nonna indossava l'abito nero di sempre, i capelli acconciati come tutti i giorni. Nulla lasciava intendere che fosse appena uscita dalla doccia.

Com'è possibile?

Il respiro spezzato, le spalle di Krone iniziarono impercettibilmente a tremare. Poi si avvicinò con passo traballante e, infine, porse alla Nonna il contenuto della sua mano destra.

Con un gesto posato, la Nonna sollevò il pesante orologio dorato. La catenina attaccata al cipollotto risuonò con un tintinnio, mentre lo strumento faceva ritorno alla sua proprietaria.

«La numero 72684, Cecille, si è sempre occupata di riferirmi fedelmente qualunque tipo di attività losca e sovversiva messa in atto dalle allieve della scuola di addestramento. Allo stesso modo, sono stata messa al corrente del tuo piano di evasione e, con esso, del tentativo di furto del mio orologio trasmittente.»

Alla spiegazione della Nonna, Krone urlò di riflesso: «Non è così! È stata Cecille!»

Alle sue spalle giunsero due Sorelle assistenti. Stava per assere attaccata da due fronti, ormai per lei non c'era via di scampo.

Cecille si avvicinò lentamente a Krone, per poi riderle in un orecchio.

«Che stupida che sei, Krone... Eppure te lo avevo detto, no?»

Le loro guance si sfiorarono, mentre la ragazza si faceva beffe di lei.

«Qui ognuno fa quello che può, qualunque cosa, pur di sopravvivere.»

Krone, ansimante, non riusciva a smettere di osservare il volto della sorella che, in tutta risposta, sollevò il mento altezzosa.

«Io ti avevo avvertito, ma tu sei stata così stupida da lasciare un punto scoperto...»

«Quindi... è stata tutta una recita sin dall'inizio?!»

Cecille sollevò le labbra in un sorriso sentendo la voce dell'altra tremare.

«Uh! Uh! Chi credi sia stato a nascondere il tuo ricamo il primo giorno?»

Non appena realizzò cosa significassero quelle parole, Krone fu percorsa da un brivido. Le tornarono alla mente con chiarezza gli eventi di quella giornata e il momento del loro incontro. Era stata Cecille stessa a raccogliere il suo ricamo da terra.

«N... non ci posso credere...»

Al turbamento di Krone, Cecille si ravviò i capelli dietro le spalle.

«Con la tua collaborazione è stato semplice eliminare di scena le altre aspiranti candidate.»

Cecille socchiuse gli occhi riducendoli a due fessure, quindi avvicinò il volto a quello della sorella.

«Grazie, Krone.»

Le mani giunte davanti alla bocca, Cecille si lasciò andare a una risata sadica.

«Cecille!»

Krone fece per aggredirla, ma una delle istruttrici lì presenti la bloccò. Senza procrastinare oltre, la Nonna diede disposizioni.

«Portatela via! Numero 18684, da questo momento non sei più un'allieva candidata al ruolo di Sorella.»

«Aspetta, Nonna! È Cecille la mente che ha architettato il piano di evasione! Sono stata ingannata!»

Cecille, in piedi al fianco della Nonna, assisteva con un sorriso trionfante stampato in faccia allo spettacolo di Krone che veniva trascinata via.

XII

Krone era stata chiusa nella sua stanza, e aveva perso la cognizione del tempo.

Se davvero era stata "bocciata", ciò che stava aspettando in quel momento era di essere spedita. E anche se le era stato detto semplicemente di attendere, era sicura che là fuori stessero mandando avanti i preparativi per spedirla.

Krone fissava con occhi rancorosi i tubi metallici che adornavano la parete grigia della camera.

Non la perdonerò mai…

Fin dal loro primo incontro Cecille non aveva fatto altro che ingannarla: si era guadagnata la sua fiducia fingendo di aiutarla, poi si era servita di lei per il proprio tornaconto. Anche il piano di evasione era solo una trovata per poterla consegnare alla Nonna.

L'orologio era stato lasciato lì apposta, a mo' di esca, e la Nonna non aspettava altro che Krone si intrufolasse nella stanza da bagno per sottrarle l'oggetto.

Certo, era stata lei a proporre di mettere le mani sull'orologio della Nonna durante il bagno, ma non era stata forse Cecille a indurla a farlo? Nel momento in cui Krone si rese conto che tutto, comprese le sue idee, facevano parte del piano della sorella, mortificata ed esasperata sferrò un calcio al tavolo della stanza.

«Perché?!»

Tutto ciò che era uscito dalla sua bocca erano bugie.

"Sei sempre la stessa, Krone..."

Sembrava la sorella affidabile di sempre...

"Sono felice che tu sia qui."

Anche se le aveva detto quelle cose...

"Io... ho sempre voluto diventare come te..."

Krone, digrignando i denti talmente forte da farli scricchiolare, cercò in tutti i modi di trattenere le lacrime, ma fallì.

Perché?!

Avere al proprio fianco un'alleata su cui contare e sapere di non essere sola in quel mondo crudele era stata l'unica spinta che le aveva permesso di alzarsi ogni mattina e di affrontare la vita alla scuola di addestramento. Pensava che per Cecille fosse lo stesso.

«Certo... Ora ho capito...»

Krone, il viso inondato di lacrime, guardò avanti stringendo i denti.

L'unico modo per sopravvivere in quel mondo era tradire, ingannare, far cadere gli altri e trascinarli sempre più giù.

Quindi lei per sopravvivere...

«Numero 18684! Vieni fuori!»

La porta fu aperta e all'ingresso apparve la Nonna. La donna non disse niente sul tavolo ribaltato a terra.

A quel punto Krone, tenendo lo sguardo basso, mormorò: «Nonna, è Cecille l'artefice del piano di evasione. Ne ho le prove».

A quelle parole, la Nonna si fermò, con un sussulto. Poi sollevò con calma il mento e si volto verso la ragazzina.

«Le prove?»

Krone alzò lentamente lo sguardo da terra. Ormai non piangeva più.

«Perquisite la stanza di Cecille…»

Mentre dava quel suggerimento alla Nonna, sul volto della ragazzina era apparso un sorriso sinistro.

XIII

Dopo la colazione, la Nonna ordinò alle allieve di disporsi in fila per un nuovo annuncio. Al suo fianco comparve anche Krone. Cecille, in fila con le altre allieve, rivolse un sorriso glaciale alla sorella.

«Quest'oggi devo fare una comunicazione estremamente spiacevole» tagliò corto la donna, andando subito al dunque. «Una di voi oggi sarà espulsa dalla scuola di addestramento.»

Alla vista di Krone, le allieve allineate immaginarono immediatamente che si stesse riferendo a lei.

Poi la Nonna riprese a parlare.

«Numero 72684. Sei stata bocciata.»

Cecille se ne stava ancora con un sorrisetto ironico dipinto in faccia, quando si rese conto che il numero appena chiamato apparteneva a lei.

«Eh?»

Stupefatta e senza parole, la ragazza restituì alla Nonna un'occhiata incredula.

«P… perché?»

Senza battere ciglio, la Nonna estrasse dalla tasca una cornice di legno contenente il ricamo di una farfalla.

Quel ricamo…

Quando la donna ebbe girato la cornice, mostrò il retro del ricamo a Cecille.

«Questa è la pianta del quartier generale, non è così?» chiese, tracciando con il dito il perimetro delineato dal filo blu. «A giudicare dallo stato di deterioramento dei fili, non si direbbe un ricamo recente. È irragionevole pensare che l'artefice del piano di evasione sia la numero 18684, Krone, arrivata qui appena un mese fa.»

Lo sguardo atterrito di Cecille transitò lentamente dalla Nonna a Krone, in piedi al suo fianco. Mentre fissava con odio la sorella, iniziò a tremare dalla rabbia.

«Sei stata tu… Le hai detto del ricamo…»

Quello era un segreto prezioso, la pianta del quartier generale ricamata in segreto dalle allieve che in tutti quegli anni avevano pregato di riuscire a fuggire.

«Non ci posso credere…»

Krone rise della voce strozzata che uscì dalla gola della sorella.

«È tutta colpa tua, Cecille!»

Le posizioni si erano invertite, adesso era Krone in posizione vittoriosa.

«Se non mi avessi tradito, non saremmo finite così.»

La Nonna proseguì il suo discorso tenendo gli occhi fissi su Cecille, il viso pallido come un lenzuolo.

«Chiaramente questo non cambia il fatto che la numero 18684, Krone, abbia rubato il mio orologio. Tuttavia non c'è dubbio che si tratti di una tua idea e, pertanto, stavolta reputo te responsabile. Verrai eliminata seduta stante.»

Al cospetto di quella decisione, la ragazza esplose di rabbia.

«Che cosa? Perché?! Non è giusto!»

Cecille urlava dimenandosi e agitando la testa in tutte le direzioni. Cercò di dileguarsi spintonando con forza le allieve lì intorno, ma rapidamente due Sorelle assistenti la immobilizzarono.

«Krone!»

La ragazzina si avvicinò alla sorella, che se ne stava a terra con la faccia premuta contro il pavimento, e la guardò dall'alto in basso.

«Addio, Cecille.»

Krone scoppiò in una fragorosa risata, mentre l'altra veniva portata via.

La salutò sventolando la mano, esattamente come quando, all'epoca, l'aveva vista lasciare l'istituto.

XIV

La Nonna fece ritorno al proprio studio.

Poggiato delicatamente il ricamo sul piano dello scrittoio, estrasse la sedia da sotto il tavolo con un gesto pacato e vi si sedette. Espirò profondamente e si abbandonò contro lo schienale, quindi abbozzò un leggero sorriso dalle labbra.

«Niente male come trofeo di guerra…»

Il comportamento sospetto di Cecille e Krone era stato già riportato nei verbali sottoposti alla sua attenzione. Tuttavia era stato deciso di lasciare che la situazione evolvesse ulteriormente. Se avessero preso provvedimenti stroncando i loro piani sul nascere, i segreti che nascondevano sarebbero rimasti a tacere per sempre insieme a loro.

Dopo aver annuciato che una sola allieva tra tutte le candidate sarebbe stata promossa, la Nonna era rimasta a osservare nell'ombra il loro comportamento, attendendo un loro passo falso.

Nell'istante in cui Cecille aveva pugnalato Krone alla spalle, informando la Nonna del suo tentativo di evasione, alla donna fu subito chiaro a quale gioco stesse giocando Cecille. Smascherando le intenzioni ribelli della sorella, la ragazza sperava di guadagnarsi in un colpo solo molti punti e assicurarsi così la promozione.

Ma alla donna non era bastato, voleva entrare in possesso anche dell'altra metà delle informazioni. Per quel motivo aveva scelto di non eliminare subito Krone e di confrontarsi con lei sulla vicenda.

E, alla fine, ciò che aveva ottenuto da quest'ultima si era rivelato ben più importante di qualunque altra cosa.

Certo, il ricamo con la pianta del quartier generale era stato un bel colpo, ma non era solo quello. Riguardava la candidata Sorella Krone.

Sorella Krone... La decisione non è ancora stata presa, ma non suona affatto male.

Immersa nei propri pensieri, la Nonna si lasciò andare a una risata sommessa, quindi voltò la sedia in direzione della grande finestra alle sue spalle. Quello era l'unico punto di tutto l'edificio da cui era possibile ammirare l'esterno. Oltre quella cornice quadrata il cielo azzurro e sereno si estendeva a perdita d'occhio.

Siate competitive...

L'imperativo della Nonna era funzionale alla selezione. Quella competizione reciproca e la rivalità spietata erano necessarie per addestrare future allevatrici d'eccellenza. Su questi principi si fondava l'educazione alla scuola di addestramento.

Il suo scopo era individuare una suddita fedele che fosse in grado di ereditare e tramandare il suo status, una reggente fredda e crudele al suo pari.

XV

Da quel giorno, Krone si impegnò al massimo delle proprie forze per recuperare i punti persi a causa dell'incidente dell'orologio. Iniziò a leggere una valanga di libri, dare il meglio di sé durante le lezioni in classe e, ovviamente, anche nelle esercitazioni di combattimento, mettendo al tappeto una dopo l'altra le sue avversarie. Nonostante fosse il suo punto debole, divenne persino la più rapida della scuola nel confezionare ricami impeccabili. Krone comprese che l'impegno e la costanza avrebbero potuto sopperire alla mancanza di predisposizione in determinati ambiti.

La ragazza ripensò alle parole che la Nonna aveva pronunciato in tono perentorio rivolgendosi a tutte le candidate, proprio il giorno in cui era stata riammessa tra le allieve della scuola di addestramento.

"Fuori di qui non ci sono esseri umani."

Poi aveva rinnovato a tutte il suo invito alla competitività.

Krone era rimasta immobile, sull'attenti, mentre quelle parole le facevano perdere ogni speranza in una vita diversa.

Avrei dovuto immaginarlo, non esiste nessun "fuori", nessun mondo di umani verso cui scappare.

A quella scoperta, nel suo cuore si era fatto largo un senso di pesantezza più che di sconforto. Ripensò a tutte le volte in cui avevano fantasticato sul mondo esterno e non poté fare a meno di sentirsi tremendamente sciocca.

Per un momento provò uno spasmo di nostalgia ripensando a quando erano in due a sognare il mondo esterno, ma quel sentimento si spense immediatamente, lasciando il posto all'amara consapevolezza che nel mondo in cui viveva non ci si poteva fidare di nessuno se non di sé stessi. Affidarsi a qualcun altro avrebbe condotto inevitabilmente a tradimento e morte.

Krone aveva solo due alternative: diventare Mamma, o essere spedita.

"Siate competitive."

Esatto.

Affondare gli altri, prima di essere affondati.

Krone riuscì a sbaragliare tutte le avversarie e a ottenere così la tanto agognata promozione al ruolo di Sorella. Con il petto gonfio di orgoglio, Sorella Krone si liberò dell'uniforme grigia da apprendista e indossò l'abito nero della nuova divisa su cui annodò un grembiule bianco.

Il nuovo status acquisito le avrebbe dato maggiori possibilità di collaborazione all'interno del quartier generale.

Un giorno, Krone assistette per caso a una contrattazione tra i demoni e un essere umano. Al termine dell'incontro, in procinto di lasciare la struttura, l'uomo fece cadere una penna. Il suono vibrante del metallo contro il pavimento diffuse la sua eco attraverso la stanza, ma l'uomo tirò dritto senza preoccuparsene e Krone raccolse l'oggetto da terra.

Solo in seguito avrebbe scoperto che non si trattava di un semplice oggetto smarrito accidentalmente.

Sul lato esterno erano impresse le iniziali "W.M." e, nascosta all'interno, la sigla "B06-32".

La Sorella non aveva idea di che cosa significasse, ma non era questo ciò che l'aveva colpita. A parlare con un demone c'era un uomo.

«Allora esistono persone fuori di qui…»

Quel giorno la Nonna aveva detto loro che non esisteva alcun mondo esterno popolato da esseri umani, ma evidentemente non era così. A quanto pareva, era l'ennesima bugia architettata per distruggere le speranze delle allieve.

Ci ero cascata in pieno…

Krone sogghignò.

Fuori di lì c'erano altre persone.

Il mondo degli umani esisteva.

Krone decise di tenere la penna nascosta, nel caso in cui si fosse presentata l'occasione di farla pagare a coloro che per tutti quegli anni l'avevano controllata.

Prima di tutto, bisogna individuare il punto debole dell'avversario...

Dentro di lei non c'era più la speranza di potersi dare alla fuga grazie a quella penna, ormai non aveva scelta: avrebbe continuato la propria ascesa all'interno della società artificiale basata sulle fattorie. Krone aveva sentito parlare di una Sorella che deteneva il record di essere stata promossa al ruolo di allevatrice alla giovanissima età di diciannove anni, un risultato senza precedenti la cui notizia veniva tramandata tra le aspiranti Sorelle alla scuola di addestramento.

Batterò quel record, costi quel che costi.

Con quell'obiettivo in testa, Krone continuò ad applicarsi con il massimo impegno alla scuola di addestramento e all'età di sedici anni si distingueva già per l'impeccabile competenza dimostrata in qualunque compito le venisse affidato.

Trascorsero dieci anni, e finalmente a Krone venne assegnato il primo incarico di aiutante presso una delle fattorie, fuori dall'area del quartier generale.

Venne assegnata alla Fattoria 3, un allevamento amministrato da una Mamma esperta e competente, tra le più stimate di sempre.

In quell'occasione Krone si trovò nuovamente al cospetto di uno di quei cancelli, tutti identici tra loro, ma ormai non era più una bambina indifesa e tremante.

Oltrepassata la soglia, udì il fragore delle sbarre metalliche richiudersi alle proprie spalle. Facendo risuonare il rumore dei propri passi, s'incamminò, il tetto dell'istituto che si intravedeva da lontano.

In quell'istante nella mente di Krone si fece largo il volto della sorella con cui aveva trascorso anni spensierati in un edificio del tutto simile a quello, e che aveva rincontrato alla scuola di addestramento.

Sta' a vedere, Cecille... Mi è stato assegnato il ruolo di assistente presso uno degli istituti. Così come ho surclassato te e le altre allieve della scuola, mi prenderò anche il posto della Mamma in questo allevamento.

* * *

Quel giorno, dopo che Cecille era stata riconosciuta colpevole per la storia del ricamo, due Sorelle la bloccarono per le braccia e la trascinarono via a peso morto.

Anche se all'inizio aveva urlato a squarciagola, ormai aveva smesso di opporre resistenza, era come se le forze l'avessero abbandonata. I capelli biondi penzolavano dalla testa ciondoloni, nascondendo il suo viso.

La ragazza stava sorridendo.

Sapevo che te ne saresti accorta...

Il ricamo era l'unica carta in possesso di Krone per ribaltare le sorti di quella partita.

Il suo cuore era inondato di pace e serenità, come quando, dopo aver portato a termine un importante lavoro, ci si toglie dalle spalle un grosso peso.

Ora sono felice...

Aveva fatto ogni cosa per bene.

Cecille aveva programmato tutto, sin dal giorno in cui Krone era arrivata alla scuola di addestramento. Ripensò al momento in cui la sorella aveva fatto il suo ingresso in classe. Un'ombra oscurava il volto della ragazzina, offuscandone la spensieratezza di un tempo, ma ciò non le aveva impedito di riconoscere i capelli voluminosi, gli occhi grandi e le guance color ebano.

Ah...

In quel momento, Cecille aveva trattenuto a stento le lacrime: se avesse potuto, sarebbe corsa incontro alla sorella, facendosi largo tra le altre allieve, e le avrebbe gettato le braccia al collo. La ragazza era convinta che nessuno dei fratelli all'istituto si fosse salvato. In tutti quegli anni, un senso di responsabilità e frustrazione per averli abbandonati al loro destino le aveva tolto il respiro. Invece Krone era ancora viva, e si trovava proprio lì, davanti ai suoi occhi.

Era stato allora che aveva preso quella sofferta decisione: aveva giurato a sé stessa che non avrebbe permesso a un altro dei suoi fratelli di fare quella fine ingrata. Per nulla al mondo avrebbe lasciato che venisse uccisa.

Qualche giorno dopo, con uno sciagurato tempismo, la Nonna aveva annunciato la decisione di promuovere al ruolo di Sorella solo una delle candidate.

In cuor suo Cecille sapeva che presto o tardi quel momento sarebbe arrivato. In quel mondo non avrebbero mai potuto continuare a vivere in pace e tranquillità. Nell'istante in cui la ragazza aveva presentato a Krone il piano di fuga, dentro di sé aveva già rinunciato alla possibilità di sopravvivere insieme alla sorella.

Evadere non era possibile, la durezza della realtà le era stata sbattuta in faccia in numerose occasioni. Non erano poche le allieve che avevano tentato la fuga prima di lei, comprese quelle che avevano contribuito a realizzare il ricamo con la pianta del quartier generale. Tuttavia nessuna di loro era mai riuscita nell'impresa e Cecille aveva assistito alla capitolazione di tutte quante, spedite in pasto ai demoni.

Le loro capacità non bastavano a sopraffare la perfezione del sistema, né a ingannare gli adulti del quartier generale, per non parlare della Nonna...

Realisticamente parlando, la sua unica possibilità per garantire la sopravvivenza di Krone era far sì che la ragazzina riuscisse ad aggiudicarsi l'unico posto a disposizione per il ruolo di Sorella. Doveva fare in modo che Krone la sconfiggesse senza esitazioni, sensi di colpa o sentimentalismi, quindi Cecille architettò un piano che, alla fine, la facesse odiare da lei. Solo così l'avrebbe indotta a denunciarla come unica ideatrice del piano di evasione. Cecille era certa che Krone, accecata dalla rabbia, avrebbe usato il ricamo come prova della propria innocenza e lo avrebbe consegnato nella mani della Nonna.

Cecille era riuscita a ingannare Krone senza farsi scoprire. Anche la bugia legata al funzionamento dell'orologio della Nonna era finalizzata a spingere la sorella a rubarlo.

Il ricamo, invece, era autentico e, nonostante l'impossibilità di una fuga, Cecille non era mai riuscita a disfarsene. Tagliare i fili del ricamo le sembrava come recidere ogni connessione con il passato, con quelle vite che avevano tessuto con il proprio sangue un sapere prezioso e che lo avevano custodito e tramandato di generazione in generazione.

Avrebbe fatto di tutto per garantire la sopravvivenza di Krone.

E la cosa non sarebbe stata possibile tentando l'evasione, l'unico modo che aveva era fare in modo che accedesse ai piani alti del sistema delle fattorie.

Cecille non sopportava l'idea di lasciar morire un'altra persona a lei cara.

Perdonami, Krone. Sarai tu a vivere...

Nel luogo in cui Cecille fu trascinata, la attendeva una creatura mostruosa identica a quella che le si era palesata fuori dal cancello dell'istituto la notte di tanti anni addietro. Cecille percepì una sensazione di fisiologico disgusto e paura impadronirsi di lei. Per scacciare il timore, pensò al futuro della sorella e pregò.

La strada che ti attende è piena di insidie, ma sono sicura che tu ce la farai... Non mi aspetto niente di meno dalla mia sorellina.

A quel punto la ragazza sollevò lo sguardo, trovando un semplice soffitto bianco.

Peccato... Avrei voluto vedere il cielo un'ultima volta...

Cecille chiuse gli occhi e nella sua mente immaginò lei e Krone libere nel mondo esterno, mentre si rincorrevano felici e spensierate in un prato sotto il cielo azzurro.

In quell'istante, il demone carpì con l'artiglio appuntito il corpo di Cecille e lo sollevò a mezz'aria.

* * *

Non ho mai avuto alcuna possibilità di vittoria, pensò Krone, colta dalla disperazione.

Aveva rivelato alla Nonna quel segreto nella speranza di spodestare Isabella dal ruolo di Mamma, eppure la sua denuncia era stata inutile. La Nonna non aveva mai avuto intenzione di prendere provvedimenti nei confronti di Isabella. Fin dall'inizio era chiaro chi fosse destinato a vincere e chi avrebbe dovuto soccombere: da una parte c'era una Mamma eccellente, cresciuta con il massimo delle cure, e dall'altra una semplice Sorella aiutante. L'impegno e la dedizione di Krone non avrebbero fatto più alcuna differenza: più in alto di così non sarebbe potuta arrivare.

D'altro canto la donna non aveva intenzione di stare a guardare in un angolo, mentre le veniva mostrata la via per la morte.

Ripensò alla penna e alla chiave che aveva lasciato all'istituto. Era sicura del fatto che i bambini avrebbero compreso il significato di quegli indizi. Al pensiero che in quel modo avrebbe contribuito a ostacolare i piani di Isabella, Krone scoppiò in una risata compiaciuta.

Così facendo, inoltre, avrebbe dato a Emma, Ray e Norman la possibilità di ribellarsi ai demoni, quella possibilità che a lei era stata preclusa.

Il demone sollevò il corpo di Krone, un fiore di Vida conficcato in pieno petto. Il collo della donna si piegò all'indietro.

Aaah... Che bel cielo...
Ah...

Mentre la sua coscienza si distaccava inesorabilmente dal corpo, Krone sentì una voce nostalgica echeggiare nella sua testa.

"Sai, un giorno mi piacerebbe vedere il cielo vero..."

L'immagine sfocata di un sorriso abbagliante apparve davanti a Krone. Capelli dorati e occhi di un azzurro cristallino... Una risata dimenticata nei meandri del tempo si fece largo tra i suoi ricordi.

"Intendo quello che si vede quando sei veramente libero. Quando succederà, guarderemo in alto insieme!"

Qualcuno, un tempo, le aveva detto quelle parole... Krone non riusciva a ricordare altro, le forze la stavano abbandonando del tutto.

Davanti a un cancello aveva scelto di sopravvivere, da lì aveva avuto inizio quella corsa per la vita. Si era trovata lì la prima volta da ragazzina, poi aveva varcato di nuovo quella soglia da adulta e, infine, sempre al cospetto del cancello, si apprestava a esalare il suo ultimo respiro. Il fiore conficcato nel petto di Krone sbocciò completamente, e dai suoi occhi sparì ogni barlume di luce.

La farfalla che svolazzava attorno a lei affondò l'ultimo battito d'ali, quindi cadde leggiadra a terra.

⊰ KAIU SHIRAI

Storia originale. Nel 2016 porta a termine la prima collaborazione con la maestra Posuka Demizu per la rivista online "Shōnen Jump Plus" pubblicando il racconto autoconclusivo *Popyi No Negai (Il desiderio di Poppy)*. Dall'agosto dello stesso anno inizia la pubblicazione a episodi di *The Promised Neverland* sulle pagine di "Weekly Shōnen Jump".

⊰ POSUKA DEMIZU

Illustrazioni. Artista gettonatissima su *pixiv*, attiva al tempo stesso come illustratrice di letteratura per l'infanzia, disegnatrice di copertine e altri svariati ambiti.
Dall'agosto 2016 inizia la pubblicazione a episodi di *The Promised Neverland* sulle pagine di "Weekly Shōnen Jump".

⊰ NANAO

Vincitrice del premio speciale al *Jump Shōsetsu Shinjin-shō* "jNGP' 12Spring". Incaricata della trasposizione in romanzo di *Gingitsune (Silver Fox)* e *Kyō wa kaisha yasumimasu (Oggi sono in ferie)*.

Finito di stampare nel mese di ottobre 2020
presso Grafiche Ambert, Verolengo (TO)